Joachim Kuhn

Teuflischer Camping-Ratgeber

Satire

Impressum

FSC
www.fsc.org
MIX
Papier aus ver-
antwortungsvollen
Quellen
Paper from
responsible sources
FSC® C105338

Bibliografische Information der Deutschen Nationalbibliothek:
Die Deutsche Nationalbibliothek verzeichnet diese Publika-
tion in der Deutschen Nationalbibliografie; detaillierte
bibliografische Daten sind im Internet über
http://dnb.dnb.de abrufbar.

Lektorat: Nele Mau

Herstellung und Verlag: BoD – Books on Demand,
Norderstedt
ISBN: 9783755747796

Inhalt

Beherzige die Ratschläge aus diesem Buch und du wirst glücklich mit dem Wohnwagen oder Reisemobil unterwegs sein.

Allerdings auch nur du und auf dem selben Campingplatz auch nur einmal.

Teuflischer Ratschlag

1

Die Neuanschaffung eines Wohnwagens oder Reisemobils

Du hast dich also für den Kauf einer mobilen Reiseunterkunft entschieden. Es soll ein Wohnwagen oder vielleicht auch ein Reisemobil sein. Gut, dann nennen wir es hier doch einfach „mobile Reiseunterkunft". Es ist dann weiter egal, was es letztendlich wird. Die Anschaffung soll jetzt auch zügig erfolgen. Bis zu diesem Zeitpunkt hattest du diese Urlaubsform noch nicht ausprobiert und die unterschiedlichen Fahrzeugtypen sind dir vollkommen unbekannt.

Jetzt mache nur nicht den Fehler, dich mit völlig unnötigen Empfehlungen zu befassen. Sicher kannst du dir eine Testzeitschrift nach der anderen kaufen, aber was soll das für dich bringen? Dir wird der

Schädel vom Vergleichen und Recherchieren rauchen und es artet alles in Strapaze aus. Du könntest dich auch in Erfahrungsberichten anderer Camper einlesen. Solche Berichte sind in den einschlägigen Internetforen massenhaft vorzufinden. Da veröffentlichen viele ihre Erfahrungen, die sie in Jahren oder sogar Jahrzehnten gemacht haben. Viele von denen haben auch schon öfter ihre mobilen Unterkünfte gewechselt, weil sie beim praktischen Gebrauch festgestellt haben, wo deren Nachteile lagen oder was im Urlaubsalltag unvorteilhaft war. Aber jetzt mal ehrlich: Willst du dich tatsächlich mit anderer Leute Leben beschäftigen?

Du könntest natürlich auch immer mal zu einem Campingplatz oder zu einem Stellplatz hinfahren und an der Rezeption fragen, ob du dir bei einem Spaziergang über den Platz Eindrücke holen dürftest. Du könntest Leute ansprechen, die vor ihren Fahrzeugen sitzen, und sie ganz einfach mal freundlich nach deren Erfahrungen fragen. Aber sich selber als so ahnungslos outen und denen zu einem Überlegenheitsgefühl verhelfen? Auch das kann es doch wohl nicht sein.

Es wäre ja natürlich auch möglich, eine mobile Unterkunft erst einmal zu mieten. Du könntest dann vielleicht sogar mehrmals verschiedene Bauarten ausprobieren, um herauszufinden, was zu dir passt und was nicht.

Wäre das sinnvoll für dich? Dass so viel Zeit bis zu einer Entscheidung vergeht? Nein! Das ist der falsche Weg. Es ist doch eigentlich ganz einfach.

Miss vor deiner Wohnung oder vor deinem Haus doch mal aus, wie groß der zur Verfügung stehende Parkplatz für dein Gefährt sein könnte und kaufe dann ruhig noch eine mobile Reiseunterkunft, die darüber hinaus geht. Deine Nachbarn werden sicher gerne etwas zurückstecken und sich notfalls selbst einen anderen Parkplatz suchen. Kurz gesagt: Kaufe einfach das größte Fahrzeug, was du kriegen kannst!

Stelle dir doch nur vor, welchen Eindruck so ein Gefährt machen wird. Besonders deine Nachbarn werden begeistert sein. Ihre Vorgärten werden künftig in einem angenehm kühlenden Schatten liegen und sie werden sich nicht mehr über eine stetig wechselnde Aussicht aus ihrem Wohnzimmerfenster ärgern müssen. Beschere ihnen eine schöne, klare, weiße Seitenfront und erfreue dich selbst an der eindrucksvollen Kulisse. Da fängt doch schon das Wohlbefinden an.

Sollte dir wider Erwarten doch die spontan gekaufte mobile Unterkunft nicht gefallen: Was soll`s. Kaufe einfach etwas anderes. Irgendwann wird wohl schon etwas Passendes dabei sein.

Teuflischer Ratschlag

2

Reiseplanung

Eine Campingtour steht bevor und du weißt noch nicht, wohin es gehen soll?

Du könntest dich natürlich bereits im Vorfeld erkundigen, welche anderen Länder für dich in Frage kommen würden. Das Internet ist voll mit Tipps und Erfahrungsberichten. Viele Camper geben ja nur allzu gerne ihre Reiseerfahrungen weiter. Da werden in Foren Tipps ausgetauscht, die sich auf gute Reiserouten beziehen, und es werden jede Menge Hinweise gegeben, welche Bestimmungen in dem von dir gewählten Urlaubsland für Camper dringend zu beachten sind.

Da finden sich dann zum Beispiel Angaben darüber, in welcher Form auf öffentlichen Flächen Camping für eine Nacht gestattet ist. Da gibt es von Land zu Land gewaltige Unterschiede. Das reicht vom absoluten Verbot, über stellenweise Duldung bis hin zur Erlaubnis unter der Voraussetzung, dass bestimmte Vorgaben eingehalten werden. Dann sind natürlich die unterschiedlichen Verkehrsregeln von Wichtigkeit. Da gibt es in Listenform dargestellte Erläuterungen, wie sich die Regelungen von Land zu Land unterscheiden.

Aber es gibt im Vorfeld einer Reise noch viele weitere Informationen im Internet zu finden: Hinweise über günstige Fährverbindungen, Hinweise über Mautregelungen, Hinweise über Umweltzonen, Hinweise über die Mitnahme von Tieren, Hinweise über empfohlene Impfungen, Hinweise über unterschiedliche Gasnormen, Hinweise über beste Reisezeiten, dazu natürlich noch Übersichten von Campingplätzen in dem jeweiligen Land und noch beinahe unendlich viel mehr.

Alles soll in deine Reiseplanung einfließen?
Willst du das etwa alles wirklich durchlesen?
Das willst du dir doch nicht ernsthaft antun?

Sicherlich bräuchtest du dich für Informationen dieser Art nicht stundenlang vor einen Computer zu setzen. Es gibt darüber auch eine sehr große Anzahl von Büchern. Neben Reisebeschreibungen gibt es speziell für Camper geschriebene Ratgeber, die dir all diese Informationen auch bieten können. Aber dann gibst du schon im Vorfeld Geld für Bücher, die dir vielleicht im Schreibstil überhaupt nicht zusagen, aus.

Darum mein Tipp:
Komme erst gar nicht auf die Idee, deine wertvolle Zeit mit großen Überlegungen zu vergeuden. Das geht doch alles nur von deiner jetzigen freien Zeit ab. Vertraue doch einfach darauf, dass sich irgendwie mit deinem Reisebeginn alles spontan ergeben wird.

Sollten dann nach Reisestart schon bereits an der Grenze Schwierigkeiten bei der Einreise in ein Nachbarland aufkommen, dann lasse deinem Unverständnis freien Lauf. Das soll Europa sein? Weise ruhig Grenzbeamte oder Polizisten lautstark darauf hin, welche erbärmliche Rolle sie darin spielen. Du kannst auch darauf hinweisen, dass es solche Regelungen, wie sie es in dem betreffenden Land gibt, in Deutschland unmöglich wären. Vielleicht sehen sie die Unvernunft ihrer eigenen Regelungen ein und drücken in deinem Fall ein Auge zu. Es ist schließlich deine Freizeit, die hier boykottiert wird. Es muss doch wohl jedem klarzumachen sein, dass so deine Campingreise kein unbeschwerter Genuss werden kann.

Womöglich hat das Land, in dem du unterwegs sein willst, auch überhaupt keine Berge oder kein Meer oder beides nicht. Aber gerade darauf hättest du dich gefreut. Vielleicht willst du aber auch viel mit dem Fahrrad fahren und würdest enttäuscht darüber sein, dass es in dem ausgesuchten Land so hügelig ist.

Aber auch dann ist es doch immer noch besser, einmal Pech mit einer Tour zu haben, als vorher Zeit mit Reisevorbereitungen zu vergeuden. Das sind eben immer die Unwägbarkeiten, mit denen man als Camper rechnen muss. Geht ja nicht anders.

Vergiss aber nach so einer Reise nicht, deinen Unmut über Land und Leute und über die unvorhersehbaren Regelungen zu äußern.

Teuflischer Ratschlag

3

Stellplatz vorbuchen

Du hast eine gewisse Zeit Urlaub und möchtest eine kleine Rundreise machen? Du hast auch bereits eine Idee, in welche Richtung es gehen soll? Das hört sich schon mal gut an. Allerdings gibt es dabei eine kleine Unwägbarkeit. Wie willst du im Vorhinein wissen, an welchem Ort entlang der Reiseroute es dir so gut gefällt, dass du da jeweils bleiben möchtest? Vielleicht willst du doch noch lieber von der geplanten Route abweichen und andere Stellen aufsuchen. Wie soll man das alles jetzt schon bei der Vorplanung wissen?

Das ist aber alles kein Problem. Hier bietet es sich an, bei möglichst vielen Campingplätzen, die ungefähr an der geplanten Reiseroute liegen, einfach vorzubuchen. Viele kleinere Campingplätze begnügen sich mit einer telefonischen Anmeldung und verlangen keine Anzahlung. Also nichts wie los. Nimm einen Camping-Stellplatzführer zur Hand und notiere dir alle in Frage kommenden Campingplätze entlang deiner geplanten Reiseroute. Du kannst dir ja überlegen, wie viele Kilometer links oder rechts du von deiner Wegstrecke maximal abweichen würdest. Danach ist es dann schnell getan. Ein kurzer Anruf oder ein E-Mail an alle in Frage kommenden Campingplätze und du buchst einfach einen Platz vor.

Bestehe aber ausdrücklich auf die Zusicherung, dass auf die Vorbuchung Verlass ist. Nicht, dass du spät nachmittags ankommst und der Platz ist anderweitig vergeben.

Angenommen, du planst eine Reiseroute mit vier verschiedenen Stopps, an denen du jeweils einige Tage bleiben willst. Dann buche doch ruhig bei mindestens zwanzig Campingplätzen vor. So hast du genügend Spielraum, dir deinen Reiseverlauf individuell zu gestalten.

Die Campingplätze, bei denen du trotz Vorbuchung nicht erscheinst, werden sich mit Sicherheit in deine Beweggründe hinein versetzen können. Darum erspare dir die Mühe, bei den nicht in Anspruch genommenen Campingplätzen rechtzeitig abzusagen. Du blockierst nur die Telefonleitungen und sorgst für Unruhe. Außerdem wäre es deiner Erholung nicht dienlich, sich über so was Gedanken zu machen.

Es ist deine Reise, es ist deine Zeit. Bestimmt freuen sich auch die Camper auf den Plätzen, deren Nachbarplätze frei bleiben. Sie haben dann weiter eine ruhige freie Nachbarparzelle und das nur, weil du nicht kommst.

Also besser kannst du es nicht machen.

Teuflischer Ratschlag

4

Technische Reisevorbereitung

Deine letzte Fahrt mit der mobilen Reiseunterkunft war im September letzten Jahres? Jetzt, im Mai des Folgejahres, steht erstmalig wieder eine neue Reise an? Da hättest du jetzt die Möglichkeit, dir diese Reise schon im Vorfeld zu vermiesen.

Du hast dich also bereits darum gekümmert, an deinem Fahrzeug den Luftdruck der Reifen zu prüfen. Immerhin hat das Fahrzeug Monate gestanden. Ja Bravo! Nur: Wenn du mit solchen Vorsorgechecks erst mal angefangen hast, dann hast du verloren, wenn du dir jetzt noch über weitere Dinge Sorgen machst. Dann machst du dir nämlich Gedanken ob die Fahrzeugbeleuchtung noch funktioniert, ob die Gasanlage erst noch eine turnusmäßige Prüfung braucht, ob die Bord-Batterien noch in Ordnung sind und und und…….

Bei einem Reisemobil fallen ja auch noch die zusätzlichen Dinge an wie Motorenöl prüfen, Kühlwasser und Scheibenwischwasser kontrollieren und überhaupt, ob der Tank noch voll ist.

Du merkst es jetzt bestimmt schon selbst, wie deine Stimmung angesichts der beschriebenen anfallenden Arbeiten sinkt. Anstatt in farbigen Stellplatzführern zu blättern, willst du dich mit diesem Thema abgeben, nur weil sogenannte „Fachleute" so etwas dringend und zwingend aufführen?. Was soll sich denn an deiner mobilen Reiseunterkunft seit der letzten Fahrt geändert haben? Selbst wenn, dann wird sich der Mangel während der Fahrt ja wohl noch von selbst melden. Dann hast du immer noch alle Zeit der Welt, um zu reagieren.

Ein Unfall, der durch zu wenig Reifendruck ausgelöst wurde, kann äußerst schwerwiegende Folgen haben. Aber den Zustand der Reifen hast du ja bereits geprüft. Bei vielen anderen Punkten kannst du aber doch auch einfach während der Reise freundliche Mitcamper ansprechen, ob sie so praktisch veranlagt und auch so freundlich wären, bei deinem Fahrzeug zum Beispiel das Kühlwasser oder das Motorenöl zu prüfen. Leider hättest du für solche Tätigkeiten zwei linke Hände.

Du kannst aber auch an einer Tankstelle so richtig Zoff machen und sagen, dass solche Arbeiten doch bitte kostenlos als Service angeboten werden müssten. Zur Not kannst du auch immer noch die Helfer deines Automobilclubs anrufen. Die kommen bei solchen Fällen bestimmt immer ausgesprochen gerne.

Darum entspanne dich und genieße deine letzten Tage vor der anstehenden ersten Reise in der neuen Saison. Ein entspannter, ausgeschlafener und relaxter Fahrer ist schließlich immer noch die beste Garantie für eine sichere Fahrt.

Teuflischer Ratschlag

5

Dein Stellplatz im Urlaub

Du bekommst also im Rahmen einer Campingtour für den Aufenthalt mit deinem Reisefahrzeug auf einem Campingplatz einen Stellplatz zugewiesen. Was ist zu tun?

Der dir zugewiesene Stellplatz ist beispielsweise ein Grasplatz. So ein Grasplatz ist ja schön und gut, aber wie sieht es in der Praxis aus? Bedenke doch nur einmal, wie deine Schuhe morgens im nassen Gras leiden. Bei Lederschuhen quillt das Leder auf und sie bekommen beim Trocknen schnell weiße Ränder. Gehst du mit nackten Füßen, hast du das Kribbeln der Grashalme unter deinen Füßen oder stehst womöglich schon nach wenigen Schritten auf einem Regenwurm.

Zudem: es besteht auch immer die Gefahr, dass du an deinen Schuhen, aber auch an deiner Bekleidung, Rasenflecken bekommst. Einmal hingekniet, schon ist deine Jeans fleckig. Das wird sehr mühselig, diese Flecken wieder zu entfernen. Nasse Füße, Rasenflecken. Gefällt dir das alles? Ich denke nicht. Aber hier gibt es glücklicherweise eine vorgefertigt Lösung.

Wie sieht so eine Lösung aus? Ganz einfach: Kaufe dir eine ausreichend große Bodenabdeckplane. Achte dabei auf eine ausreichende Größe. Hier sollte nicht gespart werden. So eine Abdeckplane kann ruhig bis zum Rand deines Stellplatzes reichen. Aber es ist unbedingt wichtig, dass diese Bodenabdeckung aus einem möglichst dichten, festen Material besteht. Sollte sie auch nur ein wenig Sauerstoff durchlassen, wächst dir der Rasen womöglich durch die Abdeckung durch. Aber es sollte auch an die Optik gedacht werden. Glücklicherweise gibt es solche Planen auch in grün. So holst du dir das Naturfeeling um dich herum zurück.

Hast du so eine Plane richtig ausgewählt, dann stirbt bei einem längeren Aufenthalt das Gras darunter schnell ab. Nachfolgende Campingfreunde werden es bestimmt zu schätzen wissen, dass du diese notwendige Arbeit bereits gemacht hast.

Ideal ist es auch, einen Industriestaubsauger dabei zu haben, mit dem auch Wasser aufgesaugt werden kann. Sollte es in der Nacht einmal geregnet haben und Wasser auf dem Bodenbelag stehen, dann als erstes morgens das Wasser davon absaugen. Eine eigene trockene Fläche rechtfertigt schließlich auch schon früh morgens den Lärm. Damit der Sauger anschließend wieder direkt gebrauchsfertig ist, den Behälter mit dem aufgesaugten Wasser hinter dem Wagen zum Nachbargrundstück hin entleeren. Aber Achtung: Hier gilt es, ein eventuelles Gefälle zu beachten. Gegenbefalls lieber zur Seite hin ausschütten, bevor der vor dem Nachbarfahrzeug gebildete kleine See zu groß wird.

Damit der Bodenbelag bei Wind liegen bleibt, muss er mit Zeltheringen in kurzen Abständen befestigt werden. Sollte der zugewiesene Stellplatz an einem Fuß- oder Radweg angrenzen, dann wähle möglichst große Heringe aus. So ragen sie überall gut aus dem Boden raus. Das hat den Vorteil, dass du nachts immer hörst, wenn jemand in der Dunkelheit den Weg über deine Stellfläche abkürzen will. Besonders gut hörst du herankommende Personen dann, wenn sie im Sommer Sandalen anhaben. Noch besser sind solche Wegabkürzer zu hören, wenn sie beim Stürzen zusätzlich noch auf den nächsten Befestigungshering fallen.

Bei einem längeren Aufenthalt wäre auch die Überlegung anzustellen, Gras-EX anzuwenden. Nach kurzer Einwirkungszeit ist das Gras verschwunden und ein Holzkohlegrill kann bedenkenlos auf dem Boden hingestellt werden. Die Gefahr, dass sich der Rasen am heißen Grill entzündet, ist somit unterbunden. Hier zahlt sich also Mitdenken aus.

Ein Stellplatz auf Sand stellt dich vor andere Herausforderungen. Laufen im lockeren Sand ist ja doch beschwerlich. Dazu immer dieser lose Sand in den Schuhen. Da sollte direkt reagiert werden. Was bietet sich hier an? Eine schnelle Wirksamkeit muss her. In diesem Fall hilft eine Bodenverfestigung. Einfach auf solche feinkörnigen Böden ungelöschten Kalk streuen und mit dem Rechen vermischen und etwas feststampfen. Innerhalb kurzer Zeit könnte so aus dem lockeren Boden vor und um das Wohnmobil/den Wohnwagen schon fast eine gut befahrbare Baustraße werden. Also für deine eigenen Zwecke ist das angestrebte Ergebnis mehr als ausreichend.

Weitere Maßnahmen am Stellplatz werden in gesonderten Kapiteln behandelt. Ich denke hier zum Beispiel an die Themen Stromanschluss, Außenversorgung mit Musik und TV, Illumination des Wagens und deiner Umgebung und dergleichen.

Aber du stehst erst mal.

Teuflischer Ratschlag

6

Die mobile Reiseunterkunft richtig aufstellen

Wenn du auf einem Campingplatz neu ankommst, dann stellt sich Frage, wie du deine mobile Reiseunterkunft hinstellen willst. Es gibt doch viel mehr zu überlegen als nur, von welcher Seite du die Sonne haben willst. Welche weitere Kriterien als die der Himmelsrichtung sollten berücksichtigt werden? Die Beantwortung dieser Frage ist nicht ganz so einfach. Einige Tipps will ich dir aber trotzdem dazu geben.

Nicht jeder möchte zum Beispiel so vor seinem Eingang sitzen, dass er sich immer das Panorama anschauen muss. Der Blick über das Meer oder der Blick auf das Tal mit den angrenzenden Bergen kann doch schnell ermüdend werden. So ein Ausblick von deinem Wagen aus kann auch für die Gesundheit schädlich sein. Es berichten immer wieder betroffene Camper davon, dass ihnen das Panorama, das sich ihnen geboten hatte, den Atem verschlagen hätte. Hier solltest du also kein Risiko eingehen.

Wenn du in einem Bereich bist, wo schlechtes Wetter beispielsweise bevorzugt von Westen her kommt, dann kann das doch für Dichtigkeitsprüfungen der Türe und der Fenster interessant sein. Du könntest das also bei der Ausrichtung deines Wagen entsprechend berücksichtigen.

Wenn du dich so hinstellst, dass du anderen Campingfahrzeugen genügend Platz zum Vorbeifahren lässt, dann kann sich das rächen. Dann besteht die Gefahr, dass du immer wieder durch das Vorbeifahren von anderen Campingfahrzeugen, die zu ihren Stellplätzen fahren möchten, gestört wirst. Dem kannst du rechtzeitig einen Riegel vorschieben. Zur Not musst du eben noch eine Hängematte so zwischen deinem Fahrzeug und einem Baum spannen, dass dadurch auch die letzte Lücke geschlossen wird.

Ist der Campingplatz uneben oder an einem Hang gelegen, dann ist durchaus zu berücksichtigen, dass deine mobile Unterkunft waagerecht steht. Sollte dir dein eigener Auffahrkeil zum Nivellieren dafür als ungeeignet erscheinen, dann wirst du ihn auf dem

Campingplatz bestimmt austauschen können. Mit etwas Geschick ist er schnell mit einem größeren Keil eines Nachbarcampers ausgetauscht. Wenn dein kleinerer Keil an seinem Campingfahrzeug hält, wird es ihm ja auch nicht weiter auffallen.

Du kannst dich immer gerne unter einen großen Baum stellen. Bei kräftigem Wind hast du dann mehr davon, den Baum näher kennenzulernen. Herabfallende Äste geben dir Aufschluss über den Zustand des Baumes und herabfallende Baumfrüchte, Tannenzapfen oder Kastanien bereichern dein Wissen über die Geräuschdämmung und über die Haltbarkeit deines Daches. Nach einem Regenschauer sorgt anschließend der Wind dafür, dass es noch lange vom Baum herunter tropft. Das sorgt für eine weiter andauernde Luftfeuchtigkeit, die ja auch sehr gesund für deine Haut ist.

Aber es ist doch auch unbedingt wichtig, in einen guten Kontaktaustausch mit deinen direkten Campingnachbarn zu kommen. Eine gute Nachbarschaft lebt doch auch von einer angeregten Kommunikation. Stelle dich also nach Möglichkeit so hin, dass sich die Türen der Fahrzeuge gegenüberstehen. So nimmst du Anteil an allen Aktivitäten deines Nachbarn und hast die Möglichkeit, Kritik oder Lob zu äußern. Deine Nachbarn können so ihr Urlaubsverhalten optimieren. Außerdem kannst du dir so auch immer Anregungen holen, was du mal wieder essen willst.

Du merkst also, dass es mit der richtigen Ausrichtung deiner mobilen Reiseunterkunft nicht so schwer ist, wie du vielleicht dachtest.

Versorgt mit den richtigen Tipps, ist das alles doch eher easy.

Wenn du so also die für dich ideale Ausrichtung des Campingfahrzeuges gefunden hast, dann schalte, bevor du es dir so richtig gemütlich machst, aber erst noch deinen Fernseher ein. Sollte nämlich jetzt deine Satellitenschüssel einen so ungünstigen Standpunkt haben, dass du damit keinen TV-Empfang hast, dann kannst du alles vergessen. Dann musst du wohl schnell noch einmal erneut überlegen.

Teuflischer Ratschlag

7

Der Stromanschluss

Du wirst schnell merken, dass du ohne Strom auf einem Campingplatz aufgeschmissen bist. Nur hartgesottene Outdoor-Camper kommen ohne einen anständigen Stromanschluss aus und sind für ihren eigenen reduzierten Bedarf an Strom Selbstversorger. Sie haben ein gutes Batterie-Management, laden ihre Batterien und Akkus mit Solarpaneelen auf und sie wissen, dass alle Bemühungen ohne Reduzierung des Strombedarfs erfolglos sind.

Aber jetzt mal ganz ehrlich: Wo willst du denn den Stromverbrauch reduzieren? Du brauchst doch alles. Alleine schon die Entertainment-Anlage verschlingt Unmengen an Kilowatt, geschweige denn die Küche mit dem Induktions-Kochfeld und dem selbstreinigenden Pyrolyse-Heißluftbackofen. Die

Mikrowelle ist dabei noch nicht mal gebührend berücksichtigt. Ach, der kleine eingebaute Geschirrspüler und der Kühlschrank mit Tiefkühlfach dürfen dabei ja auch nicht vergessen werden.

Dazu die Heizdecken im Bett und die elektrische Zusatzheizung. Andererseits will natürlich auch die Klimaanlage ebenso mit Strom versorgt sein wie deine Lichtinstallation. Kurzum: Es kommt einiges an Stromverbrauchern zusammen. Alles ist zwingend notwendig und hier wirst du keinen Spielraum haben.

Also sorge direkt nach deiner Ankunft auf einem Campingplatz für Strom. Während der Suche nach einer Anschlussmöglichkeit, lasse noch den Motor deines Zugfahrzeuges bzw. deines Reisemobils weiter laufen, damit hier keine Deckungslücke bei den Stromverbrauchern wie Kühlschrank und ggf. Klimaanlage entsteht.

Hat der dir zugewiesene Stellplatz bereits einen eigenen Stromanschluss, dann ist die Stromversorgung ja schnell geklärt. Oftmals wirst du aber eine Stromverteilersäule vorfinden, an der sich zwar mehrere Steckdosen befinden, aber schlimmstenfalls sind diese Steckdosen keinem speziellen Stellplatz zugeordnet und demnach schon alle belegt. Was ist zu tun?

Jeder deiner Campingnachbarn wird mit Sicherheit Verständnis dafür aufbringen, dass du in einer solchen Notsituation einen dieser Stecker herausziehst und deinen eigenen dafür einsteckst. Um unnötige Diskussionen zu vermeiden, ziehe am besten einen Stecker von einem Nachbarn raus, der gerade nicht da ist. Sollte in der Zeit bis zu seiner Rückkehr der Inhalt seines Kühlschrankes ungenießbar geworden sein, dann wird es für ihn ein willkommener Zeitpunkt sein, sein Einkaufsverhalten zu überdenken. Schließlich muss er doch immer mal wieder mit so einer Situation rechnen.

Sollte der besagte Stromanschlusskasten so weit von deinem Stellplatz entfernt sein, dass dein Stromkabel nicht reicht, dann besteht immer noch die Möglichkeit, sich ein Verlängerungskabel zu leihen. Das kann schon oftmals beim Platzbetreiber sein. Vielleicht hilft einem aber auch ein Campingnachbar aus. Um für die weitere Reise gut ausgerüstet zu sein, empfiehlt es sich, dieses Verlängerungskabel dann bei der Weiterfahrt mitzunehmen. So war es seitens des Verleihers auch bestimmt gedacht. Er wird sich schon gesagt haben, dass es für ihn einfacher sein wird, sich ein neues Kabel vor Ort zu kaufen, als es für dich während der Reise wäre.

Das ist ja das Schöne beim Camping: Alle sind doch eine große Familie und halten mit Freude zusammen.

Teuflischer Ratschlag

8

Außenversorgung mit Musik

Stell dir vor, du sitzt an einem ruhigen Sommertag
draußen vor deinem Wohnwagen/Reisemobil. Du
hörst in der Ferne nur einige Vögel zwitschern und
hörst eventuell auch noch ganz leise die Blätter in
den obersten Zweigen der Bäume rauschen. Deine
Campingnachbarn, die dösen in ihren Liegestühlen
vor sich hin oder lesen im Schatten ihrer Markisen
in einem Buch. Insgesamt liegt eine lähmende Ruhe
über dem Platz.

Fällt dir was auf? Das ist doch für dich kein Zustand! Wo ist denn da die Action, wo ist die dir zu-
stehende Unterhaltung?

Die Lösung ist eine leistungsstarke Stereoanlage.
Schließlich kann dir doch wohl keiner verbieten,

auch im Urlaub deine Lieblingsmusik zu hören, und zwar richtig! Welche Anforderungen sind also da an eine entsprechende Anlage zu stellen?

Grundanforderung: Leistung, Leistung und nochmals Leistung.

Es macht doch keinen Spaß, einen mickrigen Verstärker mit zwei ebenso mickrigen Lautsprecherboxen bis an die Grenze der Belastbarkeit aufzudrehen. Der Klang bleibt miserabel und es fehlt der Druck, es fehlt das Bauchgefühl, welches erst durch laute tiefe Schallwellen entsteht. Den physikalischen Gesetzen folgend geht das nur mit ausreichend großen Lautsprecherboxen. Diese müssen dann aber auch durch eine entsprechend hohe Verstärkerleistung bedient werden. Hier gilt es also anzusetzen. Im einschlägigen Fachhandel wirst du ein großes Angebot an Verstärkern und Lautsprechern finden, die zu einem angemessenen Hörgenuss führen können.

Gegebenenfalls entscheide dich für eine sogenannte PA-Beschallungsanlage, wie sie auch in kleineren Clubs oder bei Festivals eingesetzt wird. Solche leistungsfähigen Anlagen gibt es auch in wettergeschützten Ausführungen. Eine derartige Anlage bräuchtest du nicht immer abzubauen, wenn ein kleiner Regenschauer den Außenaufenthalt kurz stört.

Du wirst nicht umhin kommen, dich im einschlägigen Fachhandel beraten zu lassen. Da denke ich jetzt nicht an Spezialisten für hochwertige Stereoanlagen und erst recht nicht an Fachhändler für Unterhaltungselektronik. Die dort angebotenen Artikel mögen vielleicht für ein durchschnittliches Wohnzimmer geeignet sein, aber mit Sicherheit nicht für deine Zwecke. Wende dich direkt an Betriebe, die sich auf eine sogenannte Veranstaltungstechnik spezialisiert haben. Diese Betriebe haben Erfahrung, welche Größenordnung Verstärker und Lautsprecher für die verschiedensten Zwecke haben müssen.

Als kleinen Hinweis für dich kann ich da sagen, dass Musikanlagen, die beginnend für eine mittlere mobile Disco in einem Festzelt geeignet sind, in deine nähere Auswahl kommen können. Viel größer wird es noch nicht einmal sein müssen. Neben dem gewünschten guten Sound ist ja beim Camping auch zu beachten, dass dir hinsichtlich der Dimensionierung der Anlage von den Abmessungen und dem Gewicht her ja Grenzen gesetzt sind. Hier spielt also eine kluge, selbstauferlegte Begrenzung eine wesentliche Rolle. Da ist dann deine Vernunft gefragt.

Du wirst sehen, wie positiv sich solch eine Anschaffung auswirken wird. Du wirst mit Leuten ins Gespräch kommen, mit denen du sonst nie geredet hättest und dein Bekanntheitsgrad auf dem Campingplatz wird rapide steigen. Klar, du wirst nicht jeden Musikgeschmack treffen können. Darum geht es ja auch letztlich nicht. Du hast deine Bedürfnisse auch auf diesem Gebiet gedeckt.

Das zählt doch, nicht wahr?

Teuflischer Ratschlag

9

Kontaktaufnahme auf dem Campingplatz

Der Mensch ist ja ein soziales Wesen und sucht den Kontakt zu seinen Mitmenschen. Besonders in einer kleineren Gruppe mit gemeinsamen Interessen entwickelt sich schnell ein besonderes Gemeinschaftsgefühl. Genau in einer solchen abgegrenzten kleinen Gruppe befindest du dich auf einem Campingplatz.

Verbindest du mit einem Gemeinschaftsgefühl vorrangig ein angestrebtes Gefühl der Geborgenheit und Offenheit, dann hast du auf dem Campingplatz die wunderbare Möglichkeit, das zu erleben.

Geborgenheit. Was verbindest du mit dem Gefühl der Geborgenheit? Reduziere diesen Begriff doch erst einfach mal auf die Aspekte Schutz und Unverletzbarkeit. Das wird der Sache zwar nicht gerecht, du kannst aber genau dies auf einem Campingplatz so empfinden.

Zum Thema Schutz kannst du die Sache so sehen, dass zum Beispiel ein Einbruch wohl erst andere Camper, die ihren Stellplatz am Rand des Campingplatzes haben, treffen wird, bevor es dich betrifft. So ein Einbruch wird wohl eher nicht in einem Fahrzeug erfolgen, das umgeben von vielen Mitcampern auf dem Platz steht. Da werden doch wohl viele andere Augen mit auf dein Campingfahrzeug aufpassen. Ein Dieb kann sich doch mittendrin nicht sicher fühlen. Darum wirst du auf einem Campingplatz auch eher nicht von körperlicher Gewalt, wie sie bei einem Überfall oft angewandt wird, betroffen sein. Auch hier kannst du auf die Aufmerksamkeit und auf ein Einschreiten deiner Mitcamper bauen. Es macht also Sinn, sich mit ihnen bekannt zu machen. Dadurch verstärkst du das gewünschte Gemeinschaftsgefühl und dein Nutzen davon wird vergrößert.

Ja, und es ist doch so einfach. Da kommt dann auch die erwähnte Offenheit mit ins Spiel.

Jeder wird sich freuen, wenn du spontan deinen Kopf in deren offene Fahrzeugtür reinsteckst und ein spontanes *„Hallo"* sagst. Eine möglichst unerwartete Situation kann dabei den Moment des Kennenlernens so verstärken, dass du unauslöschlich den Inhabern des jeweiligen Fahrzeuges in Erinnerung bleibst. Der frühe Morgen bietet sich hierzu genauso an wie eine späte Abendstunde. Sollten die besagten Mitcamper nämlich noch dabei sein, sich anzuziehen, dann ist das alles umso menschlicher und du hast direkt eine emotionale Ebene geschaffen, auf der sich aufbauen lässt. Ist die Tür eines Campingfahrzeuges noch zu, aber du weißt ganz sicher, dass die Bewohner da sind, dann öffne sie beherzt. Umständliches Anklopfen sind wieder zusätzliche Störgeräusche und die willst du doch vermeiden.

Wenn du dir etwas unsicher bist, dann trinke dir vorher ruhig etwas Mut an. Eine kleine Gesangseinlage beim ersten Begrüßen wirkt doch entspannend. Musik öffnet hier schnell die Herzen. Jeder Ehemann wird sich zudem darüber freuen, wenn du seine Ehefrau oder Lebenspartnerin direkt anerkennend umarmst und auf eine Verbrüderung bestehst. Schließlich gilt es ja noch, den Begriff der Offenheit mit Leben zu erfüllen. Warum mit deinen Gefühlen hinter'm Berg halten, wenn du jemanden attraktiv findest. Sich nicht zu verstellen und stattdessen Offenheit zu praktizieren, werden deine Schlüssel zu gelungenen Kontaktaufnahmen sein.

Sorge aber dafür, dass du selbst nur schwer gestört werden kannst. Warnschilder vor deiner Wagentür, die vor einem gefährlichen Hund oder vor einer scharf gestellten Warnanlage warnen, sind dafür brauchbare Mittel. Gemeinschaft ja, aber doch bitte unter Wahrung deiner Privatsphäre.

Teuflischer Ratschlag

10

Der Naturcampingplatz

Es gibt Campingplätze, die weisen sich als Naturcampingplatz aus. Was hat es damit auf sich?
Nun, hier wird oft aus der Not eine Tugend gemacht.

Wenn zum Beispiel der Boden auf dem Gelände to-
tal uneben ist, dann könnte man ihn aus Marketing-
gründen ja einfach als einen Naturplatz bezeichnen.
Wenn es denn so klappt, dann kann ja auch direkt
seitens des Betreibers darauf verzichtet werden, für
Strom- und Wasseranschlüsse zu sorgen. So wird
der verantwortliche Umgang des Campingplatzbe-
treibers mit der vorhandenen Natur noch weiter
herausgestellt. In der puren Natur gibt es ja sowas
wie Stromanschlüsse und verlegte Wasserrohre
nicht. Also warum dann nicht gleich den Naturlieb-

haber ansprechen und ihm einen Naturcamping-platz versprechen. Dann stört auch das angrenzende Sumpfgelände nicht, von dem aus sich die Mücken auf Nahrungssuche begeben.

Immerhin brauchen die Anhänger des Naturfeelings nicht die Sorge zu haben, tatsächlich einsam in irgendeiner Natur zu stehen. Dort würde man sich ja womöglich Gefahren aller Art aussetzen. Ein Naturcampingplatz ist dagegen letztlich doch ein abgegrenztes Campingterrain mit einem Betreiber, der für Anliegen jeder Art zur Verfügung steht.

Jetzt bist du also auf so einem Platz gelandet und stehst dort, umgeben von Naturverliebten, die ihre Ruhe suchen und dem Klang der Natur lauschen. Vielleicht gefällt es dir dort sogar. Vielleicht stellt sich hier das Campinggefühl ein, dass du so gerne erleben willst. Nur, womöglich hast du keinen Strom.

Da zahlt sich gebührende Vorsorge aus. Vergiss Solaranlagen, vergiss Windräder. Angeraten sei dir für solche Fälle das Mitnehmen eines Stromgenerators. Mit so einem Stromerzeugungsapparat ausgerüstet, ist die Verfügbarkeit elektrischer Energie gewährleistet. Du brauchst keinen Anschluss an ein öffentliches Stromnetz, da du deinen Bedarf an elektrischer Energie selber decken kannst.

Nun gibt es natürlich Unterschiede bei solchen Aggregaten. Es gibt kleine tragbare Geräte, die gerade einmal dazu ausreichen, für Licht zu sorgen. Vielleicht reicht die erzeugte Strommenge auch noch dazu aus, dein Smartphone zu laden. Denke nicht im Traum an solche Geräte. Du brauchst etwas Anständiges, Kraftvolles. Stelle dir dabei als erstes die Frage, ob das Gerät mit Benzin oder mit Diesel betrieben werden soll. Mache es vielleicht davon abhängig, welcher Motor in deinem Zugfahrzeug oder in deinem Reisemobil eingebaut ist. Dann brauchst du dich nur um eine Sorte Kraftstoff zu kümmern.

Leider sind leistungsfähige Stromerzeuger auf Basis von Verbrennungsmotoren nicht gerade leise. Da hilft auch eine gute Dämmung wenig. Also denke daran, so ein Gerät nicht zu nahe an deine Campingunterkunft zu stellen. Nimm dafür lieber einen Platz, möglichst nah am Beginn des Nachbargrundstückes. Dann bleibst wenigstens du von dem Lärm der Stromerzeugungsmaschine verschont. Wenn volle Leistung und entsprechend auch Vollgas erforderlich sein sollte, damit zum Beispiel deine Batterien schnell aufgeladen werden, dann verbinde es doch mit einem Spaziergang. Wenn du davon zurückkommst, sind die Akkus vollgeladen und es herrscht Ruhe.

Du siehst, auch hier auf einem Naturcampingplatz zahlt sich etwas Nachdenken und das Wissen um die Möglichkeiten aus.

So ausgerüstet wirst du die Neider auf deiner Seite haben. Aber egal. Darauf hätten sie ja auch selbst kommen können.

Teuflischer Ratschlag

11

Die Außenbeleuchtung

Also dein Stellplatz sollte schon was hermachen. Das Sprichwort: „Nachts sind alle Katzen grau!" wäre ja, auf dein Reisefahrzeug bezogen, zutiefst deprimierend. Du willst doch bestimmt nicht unauffällig in der Masse verschwinden. Was brauchst du also? Genau! Du brauchst eine anständige Illumination deiner mobilen Unterkunft.

Beginnen könntest du mit einer Akzentuierung der Fahrzeugkonturen. Ein Vorbild ist hier die weihnachtliche Zeit, bei der Hausbesitzer das mit ihrem Haus ebenso machen. Eine LED-Lichterkette ist schnell montiert. Das kann auch schon für einen dauerhaften Gebrauch vorbereitet sein. Heute bieten sich dafür auch Lichtsysteme an, die in der Lage sind, die Farbe zu ändern. So bleibt der Anblick interessant, weil sich dann je nach Lichtfarbe immer wieder der Eindruck ändert.

Zusätzlich können dann natürlich noch mit Punktscheinwerfern Details des Wohnwagens oder des Reisemobils akzentuiert werden. Hier sollten blinkende Effekte bevorzugt werden, um eine aktive Note zu erzeugen. Du wirst sehen, wie toll sich das macht.

Auf die größeren zusammenhängenden Flächen deines Reisewagens kann mithilfe eines leistungsstarken Beamers ein Video projiziert werden. Alte Familienfeiern erwachen in jeweils anderer Umgebung immer wieder zu neuem Leben. So lernt die Umgebung auch einmal deine Verwandtschaft kennen. Ist das von dir nicht gewollt, dann bieten sich Effekte von einer Lichtorgel an, wie sie früher auch in den Anfängen der Discotheken gebräuchlich waren. Ein wenig Wehmut an zurückliegende Zeiten verströmt doch auch etwas Romantik.

Voraussetzung für eine gelungene Lichtgestaltung sollte aber eine beleuchtete Begrenzung des dir zustehenden Platzes sein. Das kann in Form einer am Boden verankerten Beleuchtungsreihe sein oder aber mit aufgehängten Lampions. So etwas muss also vor Ort entschieden werden, weil hierfür die Gegebenheiten mit einbezogen werden müssen. Sind also Bäume zur Befestigung einer Spannleine für die Lampions vorhanden oder ist dein Stellplatz groß genug, um statt fehlender Bäume zusätzliche Zeltstangen hinzustellen und abzuspannen, dann können durchaus Lampions eine Rolle spielen. Lampions können aber auch eine Ergänzung zu der sich am Boden befindlichen Beleuchtungsreihe sein.

Der eigentliche Zuweg vom Rand des Stellplatzes bis zu deinem Fahrzeugeingang sollte nochmals besonders betont werden. Vorbild kann hier die Rollbahnbefeuerung eines mittelgroßen Flughafens sein. So erreichst du jedenfalls einen einladenden Eindruck.

Für das Grundsätzliche bist du dann schon in etwa vorbereitet. Was noch fehlt, sind individuelle Gags. Mit sogenannten Lichteffekten wird dein Aufenthalt auf einem Campingplatz schnell unvergesslich.

Je nach deiner Stimmung kannst du so noch für romantische Effekte genauso wie für   karibisches Flair sorgen. Lasse dich diesbezüglich ruhig einmal von einem Party- oder Veranstaltungstechniker beraten. Achte aber darauf, dass sich deine mobile Reiseunterkunft innen genügend verdunkeln lässt. Es kann nicht sein, dass du auf dem Platz für ein tolles Ambiente sorgst und du selber dabei im Schlaf gestört wirst.

Zuviel Licht für die Außenbeleuchtung ist jedenfalls nur schwer vorstellbar. Im Dunkeln ist schließlich noch keiner berühmt geworden.

Also nichts mit: „Nachts sind alle Katzen grau"! Schaue in die strahlenden Augen der anderen Camper auf dem Campingplatz. Gut, vielleicht reflektiert sich ja auch nur der Schein deiner Beleuchtungsanlage in ihren Augen. Aber so sorgst du auch noch für die Sicherheit aller. Kein Stolpern in der Dunkelheit, kein Suchen des richtigen Weges.

So der Gemeinschaft dienlich und selbstlos wird man dich zu schätzen wissen.

Teuflischer Ratschlag

12

Müll

Du willst es richtig machen und deinen Müll beim Campen richtig trennen und sammeln?

Aber sicher doch. Du hast vor deinem Reisewagen ja genügend Platz, die verschiedensten Aufbewahrungsbehälter hinzustellen. Natürlich alle geruchsdicht und gegen unbefugtes Öffnen gesichert. Die Größe der verschiedenen Behälter entscheidet darüber, wie oft du damit zur Sammelstelle des Campingplatzes hinlaufen willst.

Dann fange doch mal an. Zuerst informierst du dich, wie die Bestimmungen vor Ort überhaupt sind. Da gibt es ja nichts Einheitliches. Die unterschiedlichen Regelungen in den EU-Ländern ersparen wir uns hier jetzt erst mal. Vielleicht willst du ja mit grundsätzlichen Regeln beginnen? Was bietet sich an, getrennt zu sammeln? Aber klar doch. Papier, Verpackungen und Plastik-Müll, Bio-Abfall, Pfandflaschen, Nicht-Pfand-Flaschen, Kork und Batterien sind ja im groben Sinn leicht zu unterscheiden. Alles Andere ist eben Restmüll.

So einfach? Vielleicht nicht ganz. Einfaches Beispiel: Du hast dich mit deinem zweiten Kotelett auf dem Teller übernommen und es nicht ganz geschafft. Ab in die Biotonne? Das ist bereits in den Bundesländern, manchmal sogar von Kommune zu Kommune, uneinheitlich geregelt. Vielfach ist es so, dass du das restliche Fleisch vom Knochen lösen müsstest und dieses dann in den Behälter mit Bioabfall wirfst. Das abgetrennte Fleisch aber vorher nicht in einen Bio-Müllbeutel legen. Der Beutel mag zwar „Bio" heißen, gehört aber in den Restmüll. Da gehört dann auch der Knochen des Koteletts hin. Komme dabei nicht auf die Idee, den Knochen vorher deinem Hund zum Abnagen zu geben. Der später entstehende Hundekot ist zwar der Natur nach „biologisch", darf aber wiederum nicht in die Biotonne. Alles klar?

Ist die Sicht hinter deinem Campingfahrzeug für andere Camper nicht einsehbar, könntest du bei passender Gelegenheit als Alternative zum Müllsammeln auch ein Loch graben. Das kann durchaus eine gute und praktikable Lösung der Müllentsorgung sein. Voraussetzung dafür ist aber, dass so ein Loch nicht zu schwer zu graben ist. Die Bodenbeschaffenheit ist hier also der entscheidende Faktor. In den überwiegenden Fällen wird es also dabei bleiben, dass du deinen Müll sammelst und getrennt entsorgst.

Aber warum überlässt du das alles nicht den Profis vom Campingplatzbetreiber? Die sind geschult und wissen sofort, wo was hinkommt. Du könntest vor deiner Weiterfahrt also alles zu einem Haufen zusammenkehren. Schließlich willst du ja nicht deinen angesammelten Müll verstreut auf deinem Platz rumliegen lassen. Was würde das denn für einen Eindruck machen! Schön auf einen Haufen ist auch sofort die angefallene Menge an Müll gut abzuschätzen. So wissen die Leute, die sich dann darum kümmern, sofort, wie viel Transportkapazität für das Beseitigen des Mülls erforderlich ist. Reicht dafür eine Schubkarre oder muss in größeren Dimensionen gedacht werden? Auf einen Blick ist die Situation abschätzbar.

So denkst du perfekt mit und bist wegen deiner Umsichtigkeit immer wieder ein gern gesehener Gast auf dem jeweiligen Platz. So kannst du auch mit einem grünen Gewissen der Jugend entgegen treten.

Teuflischer Ratschlag

13

Hunde

Du hast also auch noch einen Hund. Eventuell auch nicht nur einen, sondern sogar mehrere. Gilt es da irgendwas zu beachten?

Überhaupt nicht! Du wirst sehen, dass sich alle Mitcamper darüber sehr freuen werden. Besonders werden sie erfreut sein, durch dich ihren Erfahrungsschatz erweitern zu können. Während deines Aufenthaltes auf dem Campingplatz können sie nämlich auf spielerische Weise einige der größten Hunderassen kennenlernen.

Einen Schäferhund oder einen Golden Retriever werden ja die meisten Menschen bereits kennen. Selbst einer Deutschen Dogge oder einem Bernhardiner werden viele schon einmal begegnet sein. Wie sieht es aber mit einem anatolischen Hirtenhund, einem Kaukasischen Owtscharka oder einem Tibet Mastiff aus? Da werden viele passen müssen.

Hast du also einen solchen Hund, dann gebe deinen Mitcampern unbedingt die Chance, ihn einmal näher kennenzulernen. Damit das möglichst unbefangen geschieht, sollten solche Begegnungen möglichst spontan sein. Lasse deinem Hund also ruhig auf dem Platz freien Auslauf. Das ist zwar auf den meisten Campingplätzen verboten, aber hier handelt es sich ja schließlich um deinen Hund. Da wird eine Ausnahme ja wohl selbstverständlich sein. Alternativ lasse ihn in den frühen Morgenstunden laufen. Dann sind noch relativ wenige Menschen auf dem Platz unterwegs und die individuelle Begegnung mit deinem Hund wird umso intensiver. So entstehen für einige deiner Mitcamper auf dem Platz unvergessliche Urlaubserlebnisse.

Vielleicht hast du ja aber auch einen Hund, der von dir bevorzugt als Wachhund eingesetzt wird. Da spielte ja nicht nur die Größe des Hundes beim Kauf eine Rolle. Vielmehr hattest du beim Kauf des Hundes oder der Hunde Wert auf kampfbereite Eigenschaften gelegt. Solche Eigenschaften sind oftmals bei ganz bestimmten Hunden anzutreffen. Ich denke dabei an Hunderassen wie dem amerikanischen Staffordshire Terrier, an Pit Bull Terrier oder auch ganz einfach an einen Dobermann. Hunde wie diese können natürlich auch ganz harmlose, umgängliche Wesen haben. Du wirst beim Kauf aber bestimmt darauf geachtet haben, dass du einen möglichst üblen Vertreter einer dieser oder vergleichbarer Rassen bekamst.

Um ein wenig Ruhe vor anderen Mitcampern zu haben, wirst du ihn also an einer möglichst langen Leine vor deiner mobilen Reiseunterkunft angebunden haben. Vielleicht mit einer Leine, die gerade so lang ist, dass auch noch ein wenig von dem Fußweg abgedeckt wird, der deine Parzelle umgibt. Es muss ja nicht jeder sich unbedingt so nah deiner Stellfläche nähern. Es kann schon zugemutet werden, die gegenüberliegende Wegfläche zu benutzen. Notfalls gelingt das ja auch noch mit einem beherzten Sprung. Das hält fit und sorgt für ein gewisses Herz-Kreislauftraining. Also nur positive Dinge, die du auslöst.

Mensch, Tier, Natur. Alle zusammen im schönen Einklang. So sorgst du mit deinem Hund oder mit deinen Hunden bei allen für eine glückliche Zeit während deines Aufenthaltes auf dem Campingplatz. Allein schon in der Nacht das Knurren der Hunde zu hören, bringt doch jeden der Erlebniswelt Natur ein Stück näher.

Auch wer tagsüber in einem Liegestuhl liegt, bleibt ruhiger liegen, wenn bei jeder kleinen Bewegung aus einem Knurren ein ansteigendes Grollen wird. So kommt der Körper zur Ruhe und die Erholung setzt früher ein. Willst du dafür ein Dankeschön?

Oder dass du so schön immer den Hundekot aufsammelst und dann die vollen kleinen Plastikbeutel an die Baumzweige hängst, quasi als gute Orientierungshilfe, willst du dafür ein Dankeschön? Nein, darauf legst du es ja nicht an. Für dich ist es doch eine Selbstverständlichkeit, wenn andere Menschen an deinem Leben teilhaben. Das lebhafte Herüberwinken und die lauten Zurufe aus der Ferne zeugen doch davon, wie gerne mit dir interagiert wird. Leider wird sich ein persönlicher Kontakt oft erst später in Schriftform ergeben. Dann aber überraschenderweise oft in einer ganz anderen Darstellung der erlebten gemeinsamen Zeit.

Menschen können schon seltsam sein.

Teuflischer Ratschlag

14

„Grauwasser"

Tja, da haben wir ja mal wieder einen schönen Begriff. Hast du eigentlich bei deiner Fahrt mit deinem
mobilen Reisewagen damit zu tun?

Leider ja, denn es handelt sich dabei um dein durch
Gebrauch verschmutztes Wasser. Das kann bei der
täglichen Körperpflege genauso wie beim Kochen
und Spülen anfallen. Grauwasser muss frei von Fäkalien sein. Das Wasser, das im Zusammenhang mit
deiner Toilettenbenutzung entsteht, fällt also nicht
unter diesen Begriff. Dennoch wird auch beim
Grauwasser gesagt, dass es nicht in die Umwelt gehört. Eine illegale Entsorgung ist sogar strafbar! Es
gibt darum auf dem Campingplatz einen geeigneten
Abfluss oder eine Entsorgungsstation. Du kannst
dein Grauwasser also in einem geeignetem Tank

oder in einem Eimer sammeln und dann da entsorgen.

Ist das für dich denn praktikabel? Wenn du bedenkst, wie groß die Erde ist und wie viel Wasser es darauf gibt, dann ist dein bisschen Spülwasser ja wohl nicht der Rede wert. So viel Rückstände aus Seife, Spül- und Reinigungsmitteln und auch Fetten kann es ja wohl nicht sein. Genau diese Gedanken haben schon viele Camper vor dir gemacht und dazu auch praktikable Lösungen gefunden. So clever wie du bist, kannst du es doch genauso handhaben. Was kannst du also tun, um dir das lästige Sammeln und Entsorgen des Grauwassers zu ersparen?

Im einfachen Fall hast du unter deinem Reisewagen am Ende des Ablaufschlauches einen Eimer stehen. Den müsstest du also immer entleeren gehen, wenn er voll ist. Du kannst aber auch in dem besagten Eimer im unteren Bereich ein Loch machen. Aus diesem Loch fließt nach und nach das gesammelte schmutzige Wasser ins das Erdreich ab. Ist das nicht eine tolle Idee? Das ist doch wirklich eine einfache und findige Lösung des Problems. Da du den Eimer ja nicht auf einmal ausschüttest, kann doch auch selbst in einem Wasserschutzgebiet nicht viel passieren. Die Natur wird ja quasi so noch geschont! Es merkt ja auch so schnell keiner diese Verfahrensweise, da ja rein optisch gesehen alles in bester Ordnung ist. Der Eimer steht da, wo er stehen soll und jeder denkt sich, dass du wie vorgeschrieben verfährst.

Nun ja, vielleicht nicht jeder, da der Tipp doch mittlerweile schon oft in der Praxis umgesetzt wird. Es wird auch tatsächlich der ein oder andere Mitcamper ein Auge darauf haben. Aber da kannst du es ja drauf ankommen lassen und es bleibt unbemerkt. Wo kein Kläger, da kein Richter. Sagt man doch so.

Hast du einen Einbautank für das Grauwasser, kannst du es natürlich auch bis zur Weiterfahrt sammeln. Auch dafür haben dann die meisten Campingplätze eine geeignete Entsorgungsstation. Da müsstest du darüber fahren und das schmutzige Wasser ablassen. Bedenke aber nur, wie viel Zeit dabei verloren geht. Bist du das erledigt hast, könntest du vielleicht schon auf der Autobahn sein.

Auch hier gibt es einen Tipp von vielen cleveren Campern: Du kannst vor der Weiterfahrt das Ablassventil des Grauwassertanks ein klein wenig öffnen. Während der Fahrt zum nächsten Reiseziel entsorgt sich dein verschmutztes Wasser so in Form ein kleines Rinnsals von allein. Du kommst also am nächsten Campingplatz mit frisch entleertem Schmutzwassertank an. Solltest du tatsächlich einmal auf deine Wasserspur, die du hinter dem Fahrzeug hinterlässt, angesprochen werden, dann

kannst du immer noch sagen, dass wohl unglücklicherweise dein Absperrventil nicht ganz dicht ge-
halten hat. Bedanke dich für den Hinweis und gut
ist es. Es wäre Zufall, so einem Querulanten bei einer weiteren Fahrt erneut zu begegnen.

Leider wird sich aber immer wieder jemand in dein
Camperleben einmischen. Diese Erfahrung wird dir
nicht erspart bleiben. Da wirst du dir eben des Öfte-
ren sagen müssen, dass eben nicht alle auf dem gleichen Level, also dem Level wie du es hast, unterwegs sein können. Aber du akzeptierst ja durchaus
Vielfalt auf dem Campingplatz und bist da sehr to-
lerant.

Teuflischer Ratschlag

15

Bekleidung

Eine weitere Fahrt mit deinem mobilen Campinggefährt geht los. Wieder lässt du alles hinter dir. Der Beruf, vielleicht auch der Alltag deines Rentnerdaseins, die gewohnten Konventionen, alles bleibt zurück. Du wirst dich wieder eine zeitlang in einem Kreis Gleichgesinnter bewegen, mit denen du die Lust am Campen teilst.

Bei einer Campingtour ergibt sich immer leicht die Möglichkeit, in Kontakt mit bis dahin fremden Menschen zu kommen. Das kann durchaus eine Bereicherung sein und ist eines der Merkmale einer gelungenen Reise.

Wie willst du diesen fremden Mitcampern begegnen? Hier meine ich tatsächlich die ersten Augenblicke einer Begegnung. Es ist ja bekannt, dass bereits in den ersten Sekunden einer Begegnung sich ein Eindruck vom bisher fremden Gegenüber bildet. In so einer Situation der visuellen Wahrnehmung einer anderen Person spielt neben der Körpersprache natürlich auch die Kleidung eine wesentliche Rolle. Kleider machen Leute – so heißt es nicht von ungefähr in einem alten Sprichwort. Der Kleidungsstil, die gewählten Farben, der gewählte Stoff – das alles spielt dabei eine große Rolle. Wenn du also nicht von vornherein einen falschen Eindruck von dir vermitteln willst, gibt es einiges zu bedenken.

Erleichternd ist, dass sich solche ersten Begegnungen zumeist schon direkt auf dem Campingplatz abspielen. Die ganzen Überlegungen, welche Art von Bekleidung zum Beispiel im Büro oder an einem sonstigen Arbeitsplatz angemessen ist, stellen sich hier nicht. Solltest du berufsbedingt ansonsten eine Uniform tragen, dann ist die mit Sicherheit auf dem Campingplatz fehl am Platz. Genauso wenig ist von einer Abendgarderobe bei Camping zu halten.

Demnach könnte alles so einfach sein, wenn du nicht so von der Werbung der Bekleidungsindustrie verunsichert würdest. Du siehst allerorten, dass hier mit so unterschiedlichen Begriffen wie Outdoorbekleidung, Freizeit-Kleidung oder auch von Funktionskleidung geworben wird. Wie will man da vermeiden, womöglich aus einem falsch gewählten Bereich sich unpassend eingekleidet zu haben und so vor seinem Campinggefährt zu erscheinen? Würdest du dann nicht auch Gefahr laufen, einen falschen Eindruck von dir zu vermitteln? Willst du womöglich als deplatziert wahrgenommen werden? Willst du in Gefahr laufen, dass deine Bekleidung bei einer ersten Begegnung zu sehr von deinem Gesicht ablenkt und so erste Eindrücke von Vertrauenswürdigkeit, Attraktivität und Souveränität erschwert werden?

Da gibt es nur einen einzig richtigen Tipp: Sei ganz bei dir!

Wofür gibt es denn saubere Unterwäsche? Das ist immer noch der perfekte neutrale Auftritt schlechthin. Im Unterhemd oder bei Frauen in einem Trägertop kann sich doch jeder an einem warmen Tag sehen lassen. Eine abgeschnittene alte Trainingshose tut dabei doch auch noch ihren Dienst. Wenn das dann alles auch nicht oft gewechselt wird, dann zeugt das zudem noch von einem großen Umweltbewusstsein, da dadurch ja viel Waschmittel eingespart wird. Du signalisierst: Ich gehe sparsam mit den vorhandenen Ressourcen um. Frauen machen mit Leggings niemals etwas falsch. Im Zusammenspiel mit Socken und mit farbigen Clogs oder Pantoletten kann viel von der eigenen Persönlichkeit herübergebracht werden.

Denke auch immer daran, dass die Bequemlichkeit der Bekleidung eine wichtige Rolle spielt. Sollte dir mit den Jahren deine Hose etwas eng geworden sein, dann lasse ruhig den obersten Hosenknopf und auch etwas den Reißverschluss auf. Gerade in der Freizeit soll es doch leger zugehen.

So kannst du entspannt den ersten Begegnungen mit neuen Mitcampern entgegensehen. Natürlichkeit kann ja wohl niemals falsch sein.

Teuflischer Ratschlag

16

Grillen

Grillen ist doch am schönsten, wenn es ein Gemein-
schaftserlebnis ist. Jetzt kannst du natürlich nicht jedes Mal, wenn du dir ein Steak oder eine Wurst grillen willst, den halben Campingplatz dazu einladen.
Aber es ist ja nicht alleine der Geschmack des Grill-
guts entscheidend. Nicht jeder muss unbedingt mit-
essen, um an deinem Grillen beteiligt zu sein. Vielmehr spielt ja auch das Gesamterlebnis des Grillens
eine Rolle. Hier kannst du auf jeden Fall einen gehö-
rigen Teil der Mitcamper mit einbeziehen. Ich denke
dabei an den beim Grillen entstehenden Rauch und
an den sich verbreitenden Geruch. Also bietet sich
für dich fürs Grillen auch nur ein Holzkohlegrill an.

Nicht jeder Tag ist zum Grillen gleich gut geeignet,
wenn du andere Camper auf dem Campingplatz mit

einbeziehen willst. Naturverbunden wie du bist, berücksichtigst du vor allem natürlich die Windrichtung. Denn der Wind soll dafür sorgen, dass der Rauch möglichst in Richtung deiner Mitcamper auf dem Platz zieht. So bindest du sie in dein Grillen mit ein. Dafür ist auch zusätzlich eine gewisse Windstärke erforderlich. Es macht keinen Sinn, wenn zwar die Windrichtung stimmt, aber der Wind so schwach ist, dass dein Holzkohlenrauch schon nach wenigen Metern über aller Köpfe hinweg in die Höhe steigt. Dann kann man dir zwar beim Grillen zusehen, die Einbeziehung deiner dich umgebenden Campingfreunde erfolgt aber nur schwach.

Wenn denn ein perfekter Tag zum Grillen vorliegt, zahlt sich auch hier wieder eine gute Vorbereitung aus. Für einige Würstchen oder Steaks würde zwar im Prinzip ein kleiner Grill ausreichen, aber das macht ja nichts her. Womöglich müsstest du dich noch herunterbeugen, um dein Grillgut zu wenden. Nein, hier hat der Handel doch optimale Geräte für dich parat. Zumindest sollte es ein in der Größe passender Standgrill sein.

Leider sind die wirklich großen Geräte oftmals nur mit Gas zu betreiben. Achte hier beim Kauf eines solchen Grills darauf, dass es eine Ausführung mit einem zusätzlichen Holzkohle-Einsatz ist. In so einem Fall brauchst du auch bei einem Gasgrill nicht auf die besondere Atmosphäre eines Holzkohlefeuers zu verzichten. Zusätzlich besitzen gute Grillapparate auch noch zusätzlich eine Kammer für Räucherchips.

Mit solchen Räucherchips hast du noch zusätzlich zu der gewählten Holzkohlensorte die Möglichkeit, deinem Würstchen eine besondere Rauchgeschmacksnote zu verschaffen. Oftmals werden für Räucherchips Buche oder Erle verwendet. Hier kannst du dich aber gerne etwas umsehen. Das Angebot an möglichen Holzsorten und Holzmischungen ist riesengroß. Es gibt diese Chips auch mit zugesetzten Aromen. Da sind Sorten dabei, die werden dich begeistern. Hier kannst du also viel mit experimentieren. Um daran beim Grillen etwas länger Spaß zu haben, kannst du diese Holzchips vorher erst noch wässern. Das gibt zwar erst noch zusätzlich mehr Wasserdampf, aber das kommt dir ja nicht ungelegen.

Jetzt bist du beim Verwöhnen deiner Campingnachbarn durch den tollen Geruch des Qualms schon sehr weit. Natürlich hast du berücksichtigt, dass es auch Holzkohle in Form von gepressten Briketts gibt. Hier solltest du bevorzugt sehr billige Produkte nehmen. Die werden nämlich oft gar nicht aus Holz hergestellt, sondern aus Braunkohle, und erzeugen einen tollen Qualm. Es lohnt sich für dein Grillerlebnis also durchaus, dazu selber Vergleiche mit Buchenholzprodukten zu machen. Du wirst schnell den Unterschied feststellen. Grillen ohne Rauchentwicklung sollte für dich aber kein richtiges Grillen darstellen. Hier würde es sich also rächen, auf Angebote teurer Qualitätsholzkohle reinzufallen.

Entscheidend für den Einstieg in die Grillprozedur ist jetzt nur noch, mit welcher Methode du die Holzkohle in deinem Grill anzündest. Aber auch hier hat die Freizeitindustrie passende und dabei sichere Produkte auf Lager.

Umsichtig wie du bist, willst du von vornherein auf Spiritus, Benzin und Aceton verzichten. Richtig so. Die Zauberlösung für ein schnelles Anzünden sind doch die bewährten Paraffinwürfel. Greife ruhig auch hier zur billigsten Lösung.

Ein wertvoller Tipp ist dabei, von diesen Anzündern reichlich zu nehmen. Du ärgerst dich sonst gewaltig, wenn das Anzünden der Holzkohle beim ersten Versuch nicht gelingt. Also ruhig eine doppelte oder meinetwegen auch dreifache Lage davon auf den Grill.

Wenn dann später eine stimmungsvolle und geruchsintensive Rauchwolke über das Campinggelände und in die anderen Campingfahrzeuge zieht, dann hast du alles richtig gemacht. Du lässt selbstlos alle an deinem Grillvergnügen teilhaben. Vielleicht weckst du so bei einigen anderen Campern auch den Wunsch, wieder einmal zu grillen.

Inspirierend bist du also auch noch. Das ist doch nett von dir.

Teuflischer Ratschlag

17

Musikinstrumente

Endlich Urlaub. Endlich Freizeit. Endlich die Möglichkeit, Alltagsgewohnheiten hinter dir zu lassen. Beste Voraussetzungen also, dich zu verwirklichen und ein neues Hobby zu probieren.

Du bist mit deinem Reisewagen unterwegs und hast schon bereits viel gesehen? Dann probiere doch während der Reise wieder einmal etwas Neues aus. Wie wäre es denn mit dem Erlernen eines Musikinstrumentes? Vielleicht hattest du schon immer mal die Neigung verspürt, das auszuprobieren, es bot sich aber leider nie die Möglichkeit dazu. Dann nur zu. Wenn nicht jetzt, wann dann?

Es stellt sich natürlich die Frage, welches Musikinstrument für dich in Frage käme. Eventuell hast du aber auch schon eine klare Vorstellung davon. Dann ist die Frage ja schnell beantwortet. Wenn du aber einmal überlegst, was es denn bisher für Hindernisgründe gab, dass du nie ein Musikinstrument gelernt hast, dann wird es neben der fehlenden Zeit vielleicht auch deine Wohnsituation gewesen sein. Oft ist es ja so, dass ein dafür geeigneter Raum fehlte oder dir fehlte zuhause eine dich motivierende Zuhörerschaft. Jetzt aber hast du die idealen Voraussetzungen: Auf einem Campingplatz ist Platz genug und du weißt, dass dich viele Menschen hören werden. Das motiviert doch ungemein.

Welches Instrument also? Nun, eine Gitarre oder ähnliches kannst du nun wirklich daheim üben. Dafür brauchst du wirklich keinen größeren Platz und zu hören wird es auch kaum sein. Ein Klavier wäre da schon eher eine Überlegung wert. Leider ist so ein Instrument während deiner Campingtour auf Grund des Gewichtes und der Abmessungen gänzlich ungeeignet. Mit einem Keyboard anzufangen dürfte für dich aber ausscheiden. Das wird doch wohl unter deiner Würde sein, auf einem Instrument mit dem Üben anzufangen, das vielleicht schon eine eingebaute Begleitautomatik und vielleicht sogar schon fest programmierte Lieder hat. Also wenn schon lernen, dann richtig.

Eine Geige könnte dann schon eher in die nähere Auswahl kommen. Leider ist das Holz einer Geige doch ziemlich empfindlich gegen Feuchtigkeit und Temperaturwechsel. Also es ist wohl auch nicht so ideal. Ein Instrument, dass sich aber geradezu perfekt für unterwegs anbietet, dürfte doch aus der Gruppe der Blasinstrumente kommen. Die bekanntesten Vertreter dieser Instrumentengattung werden wohl Trompeten und Posaunen sein. Solltest du dir so ein Instrument für dich vorstellen können, dann sollte dich jetzt nichts mehr halten. Eine Trompete oder eine Posaune ist schnell gekauft und los kann es gehen.

Es gibt doch nicht viel Schöneres, als an einem klaren Morgen hinaus aus deinem Campingwagen zu treten und die ersten Töne zu probieren. Auch wenn es nicht auf Anhieb klappt, so wirst du doch mit jedem weiteren Tag einen Lernerfolg verspüren. Außerdem hast du ja die Möglichkeit, nach Lust und Laune dein Instrument in die Hand zu nehmen und immer wieder darauf zu üben. Vielleicht ist es die ersten Tage ja nur ein Ton, aber du wirst schnell spüren, wie du sicherer wirst und bald will dieser eine Ton nicht mehr enden. Ein Glücksgefühl wird dich erfüllen und du wirst den Drang verspüren, es auch bald mit einem anderen zweiten Ton zu probieren. Dann wird es auch nicht mehr lange dauern und du wirst dich zu ersten gewagten Tonfolgen hinreißen lassen. Die können erstaunlicherweise gewohnte europäische Hörgewohnheiten sprengen.

Die Freude an deinem Musikinstrument wird sich täglich steigern. Jetzt gilt es, mit dem Üben nicht nachzulassen.

Motivierend wird dabei höchstwahrscheinlich hinzukommen, dass viele weitere Campingfreunde von deinem Campingplatz am Rand deiner Stellfläche stehen werden und dabei sogar versuchen werden, mit dir Kontakt aufzunehmen. Aber da wirst du dich ganz auf dein Musikinstrument und auf dein Üben konzentrieren müssen. So schade es für diese Menschen ist.

Wie es auch bei einem richtigen Künstler vorkommt, so kann auch dich in der Nacht eine Inspiration überkommen. Das kann eine spontane Eingebung sein, es einmal mit einer neuen Atemtechnik zu probieren oder es kann auch der Anflug einer Melodie sein. Dann darfst du keinen Augenblick zögern, denn am nächsten Morgen kann diese zauberhafte Inspiration schon wieder verflogen und vergessen sein. In der Nacht, so draußen vor deinem Reisewagen, sind auch fast alle Störgeräusche verschwunden. Umso klarer und reiner wird dein Trompeten- oder Posaunenton gen Himmel steigen.

Das sind diese zauberhaften Momente, die jedem, der auch nur einen Hauch von Kulturgefühl und Romantik in sich hat, zu Tränen rühren. Vielleicht klappt der Blasansatz auf Grund des abrupten Aufstehens nicht auf Anhieb und vielleicht dauert es auch etwas, bis der Ton klar und kraftvoll aus deinem Instrument tönt. Das mag passieren und wäre auch im Anfangsstadium des Erlernens eines solchen Instrumentes normal.

Aber was zählt, ist die Selbstverwirklichung und die Verschmelzung mit dem Instrument. Später, wenn du solche Situationen besser kontrollieren kannst, wirst du auch erst noch die Zeit haben, dir schnell etwas überzuziehen. Schließlich gibt es ja auch solche Zeitgenossen, die unbedingt den Zauber solcher nächtlichen Augenblicke fotografieren oder filmen müssen.

Nicht jeder Mensch hat eben dein Feingefühl.

Teuflischer Ratschlag

18

Fernglas und Kamera

Dein Aufenthalt auf einem Campingplatz kann für dich sehr unterhaltsam sein. Du brauchst dafür noch nicht einmal ein Radio, einen Fernseher, Laptop oder andere Geräte aus der Unterhaltungsindustrie. Am spannendsten sind doch letztlich die weiteren Camper auf dem Platz. Was bräuchtest du, hier die unterhaltsamsten Momente zu erhalten?

Unbedingt ein gutes, lichtstarkes und bestens vergütetes Fernglas. Hiermit holst du dir deine Campingnachbarn ganz nah heran und kannst so an ihrem Leben teilhaben. Achte darauf, dass du dabei nicht unbedingt bemerkst wird. So bleibt die Unbekümmertheit deiner Nachbarn erhalten und du gewinnst einen ganz natürlichen Eindruck davon, wie sie sich verhalten und was sich bei ihnen alles so tut.

Mit etwas Glück haben sie auch ihre Vorhänge nicht ganz zugezogen. In diesem Fall können die Eindrücke, die du von deinen Nachbarn gewinnst, teilweise sehr intensiv sein.

Ferngläser gibt es ja mit unterschiedlichen Vergrößerungen und in unterschiedlichen Bauweisen. Hier wirst du einige Erfahrungen mit unterschiedlichen Ausführungen sammeln müssen, bist du ein für deinen Benutzungszweck passendes Fernglas gefunden hast. Du wirst dich auch entscheiden müssen, ob du eine Ausführung bevorzugen willst, die auf einem Stativ fest montiert ist. Neben dem Vorteil, dass du kein schweres Fernglas lange in der Hand halten musst, hätte das auch den weiteren Vorteil, dass das Fernglas bereits immer fest auf ein zu beobachtendes Objekt fokussiert ist. Interessiert dich also besonders eine bestimmte Person oder Familie besonders, kann das für dich ideal sein. Wenn du aber lieber schnell zwischen verschiedenen Geschehen schwenken willst, dann solltest du ein Handfernglas näher in Betracht ziehen.

Sollten deine Campingnachbarn Menschen sein, die noch bis weit in die Nacht hinein auf sind, dann bietet sich für dich auch die Anschaffung einer guten Videokamera an. Diese kannst du dann auf ein Stativ schrauben und abends einschalten. Das erspart dir, bis spät in die Nacht aufbleiben zu müssen. Am nächsten Tag kannst du dir dann die besten aufge-

nommenen Momente heraussuchen und gegebenenfalls noch mehrfach ansehen. Für das Filmen weiter
entfernter Objekte gibt es auch bei Videokameras
unterschiedliche Bautypen. Für deinen Zweck der
Beobachtung achte hier auf lichtstarke Modelle mit
einem guten Zoom.

Beim Thema Zoom kommen wir auch gleich zu einer anderen Variante der Teilnahme am Leben anderer Campinggäste: Genau wie beim Videogerät
hättest du auch mit einem guten Fotoapparat hervorragende Möglichkeiten der Beobachtung. Hierfür bieten sich besonders Fotoapparate mit einem
Wechselobjektiv an. Du kannst dich in Foren von
Tierfotografen schlau machen, mit welchen Objekti-
ven sie hervorragende Aufnahmen von weit entfernten Tieren erhalten. Solche Empfehlungen sind
durchaus hilfreich. Oftmals reicht aber auch schon
ein Fotoapparat aus der Gruppe der Superzoomka-
meras oder der sogenannten Bridgekameras aus. Innerhalb dieser Kameraklassen findet sich schon für
Hobbyzwecke ein guter Kompromiss aus Bildquali-
tät, Größe bzw. Gewicht der Kamera.

Im Winter hättest du bei der Verwendung einer Fo-
tokamera natürlich eine tolle Möglichkeit, dir die
geschossenen Fotos in aller Ruhe anzusehen und so
noch nachträglich viel Freude an deinen Mitcampern zu haben. Diese Möglichkeit hättest du bei Vi-
deoaufnahmen natürlich auch, allerdings ist hier

eine Einarbeitung in ein gutes Videobearbeitungsprogramm anzuraten. Du willst dir später ja wohl nur die interessantesten Szenen ansehen und nicht all die nächtlichen Stunden, in denen sich nichts getan hat.

Aber nochmal zurück zur Zeit des Beobachtens: Gestört wird sich bestimmt keiner fühlen, der von dir beobachtet, gefilmt oder fotografiert wird. Camper wählen ja schließlich bewusst ein Leben, dass sich größtenteils in der Öffentlichkeit abspielt. Da ja gerade auch beim Camping auf Natürlichkeit wert gelegt wird, ist ja alles nur allzu menschlich. Also eine Hemmung bei der Beobachtung deiner Mitcamper zu verspüren, wäre hier bestimmt fehl am Platz.

So besonders interessant sind die meisten Camper sowieso nicht. Die können ja eigentlich sogar froh sein, wenn du dich für sie interessierst.

Teuflischer Ratschlag

19

TV-Genuss und Spielekonsole

Leider gibt es ja nicht nur Tage mit Sonnenschein. Bei einer Tour mit einem Reisefahrzeug kann es durchaus auch mal vorkommen, dass dir aufgrund der Wetterlage nicht nach einer Erkundungstour außerhalb des Campingplatzes ist. Es muss ja dafür noch nicht einmal regnen, sondern es kann ja auch sein, dass dir beispielsweise der Wind für eine Wanderung zu frisch ist. Vielleicht ist es auch nur einer dieser mausgrauen Tage, die dich dazu veranlassen, bei deiner mobilen Reiseunterkunft zu bleiben.

Auf dem Campingplatz sind außer dir noch weitere Camper bei ihren Fahrzeugen geblieben. Es herrscht absolute Ruhe auf dem Platz, nichts regt sich. Manche Mitcamper sitzen vielleicht gemütlich und warm angezogen vor ihrem jeweiligen Reisefahrzeug, andere schlummern in einem Liegestuhl vor sich hin. Dabei hält doch der Handel mit Unterhaltungselektronik eine Unzahl von digitalen Geräten bereit, mit deren Hilfe du dir den Tag abwechslungsreich gestalten kannst. Hier zahlt es sich wieder aus, für eine solchen Fall Vorsorge getroffen zu haben. Gerade in Verbindung mit einem großen Fernseher.

Es macht also Sinn, sich bereits vor Reiseantritt mit einer oder mehreren Spielekonsolen eingedeckt zu haben. Nicht jedes Actionspiel ist für jedes Gerät erhältlich. Darum ist die Mitnahme verschiedener Ausführungen sinnvoll. An dein großes Fernsehgerät sind alle Arten von Spielekonsolen schnell angeschlossen. Warum ein Anschluss über dein Fernsehgerät und nicht über deinen Laptop? Der Spielgenuss ist bei einem großen Bildschirm einfach größer.

Wenn es das Wetter zulässt, willst du beim Camping ja doch nach Möglichkeit draußen sein. Gerade auch, wenn du fernsiehst. Du wirst wissen, was ich damit meine. Erinnere dich an dein Sehverhalten, wenn im Fernsehen Formel Eins oder Fußball übertragen wird. Da hast du doch auch bereits die Erfahrung gemacht, wie toll es ist, wenn sich der Fernseher in deinem Reisegefährt befindet, du aber draußen sitzt. Der Fernseher hat nun mal im Wagen ein besseres Bild als draußen. Der Bildschirm spiegelt nicht so und der Kontrast des Bildes ist besser. Aber selbst drinnen zu sitzen, wenn ein sportliches Events übertragen wird, das macht nun mal keinen Spaß.

Also gilt es, den Sound über deinen zusätzlichen Verstärker und über deine zusätzlichen Lautsprecherboxen kräftig aufzudrehen und den Formel Eins Sound oder die akustische Kulisse eines Fußballspiels draußen voll zu genießen. Bei der Gelegenheit werden auch ahnungslose Mitcamper, die vielleicht gar nicht darüber informiert sind, dass etwas Interessantes im Fernsehen läuft, darüber in Kenntnis gesetzt. Man wird dir dankbar dafür sein.

Jetzt läuft aber gerade nicht immer so ein Highlight im TV, es ist dir aber dennoch nach Action. Da kommt dann deine für den Zweck ausgesuchte Spielekonsole ins Spiel. Für diese Geräte gibt es die passende Software, um digital simulierte Fußballspiele oder Formel Eins-Rennen jederzeit zur Verfügung zu haben. Gerade an ansonsten ruhigen Tagen tut einem auf dem Campingplatz etwas Action gut. Sollte es dir aus irgendeinem Grund nicht nach Fußball oder einem Rennspiel sein, dann bietet der Markt eine Vielzahl von anderen unterhaltsamen Spielen an.

Wenn du gerne singst, wie wäre es dann mit einem Karaoke-Spiel? Wenn dir doch Actionspiele mehr liegen, wie wäre es dann mit einem Kampf im Weltraum? Gerade der Sound der Laserkanonen und der

Sound explodierender Sterne kommt über eine freie Fläche gut rüber. Solltest du auf einem Campingplatz im Ausland sein, dann bietet sich auch eine Kriegssimulation an. Du könntest als Panzerfahrer eine kriegsentscheidende Rolle spielen. Den ausländischen Mitcampern verdeutlichst du zusätzlich so, wie wichtig eine Welt ohne den Schrecken eines tatsächlich vorhandenen Krieges ist. So ist es ja nur ein Spiel.

Also keine Sorge, dass es dir während trüber Tage langweilig wird. Gut ausgerüstet werden auch solche Tage garantiert zu einem Erlebnis der besonderen Art.

Teuflischer Ratschlag

20

Klimaanlage

Warme Sommer werden dir sicherlich gefallen. Es ist ja auch wunderbar, abends noch lange draußen zu sitzen und die warme Nacht zu genießen. Ein kühles Getränk in der Hand vervollständigt dann dein Glück.

Aber irgendwann hat auch der schönste nächtliche Aufenthalt draußen vor deinem Reisegefährt ein Ende. Du wirst müde und du freust dich auf dein Bett und auf einen erholsamen Schlaf. Aber es kann sich ganz anders entwickeln. Du legst dich in dein Bett und wälzt dich darin herum und findest keinen Schlaf, weil es in deinem Fahrzeug heiß und stickig ist. Auch wenn du jetzt noch die Fenster öffnen würdest, es würde keinen Sinn mehr machen. Der Wagen hat sich durch die Sonne schrecklich aufgeheizt.

Jetzt zahlt es sich aus, eine Klimaanlage zu haben. Oben auf dem Dach montiert, ist sie dir im Fahrzeug nicht im Weg und sie fällt dir gar nicht weiter auf. Aber es gilt etwas Entscheidendes zu bedenken: Eine Klimaanlage verursacht Lärm. Dann kühlt sich zwar die Luft durch den Betrieb der Klimaanlage auf ein angenehmes Maß ab, aber du findest trotzdem keinen Schlaf. Ständig hörst du das Betriebsgeräusch der Klimaanlage.

Hier gibt es wieder einen besonderen Tipp für dich: Es gilt, den Innenraum deines Reisewagens erst überhaupt nicht aufheizen zu lassen. Lasse die Klimaanlage einfach den ganzen Tag laufen und schalte sie erst ab oder stelle sie erst dann auf ganz kleine Stufe, bevor du dich ins Bett legst. Zugegebenermaßen ist es aber auch so, dass eine Klimaanlage auch über Tag störend sein kann. Darum rate ich dir, die Anlage bevorzugt während den Zeiten eingeschaltet zu haben, in denen du zum Beispiel außerhalb des Campingterrains unterwegs bist. Es wird dir mit der Zeit schnell in Fleisch und Blut übergehen, beim Verlassen deiner mobilen Reiseunterkunft die Klimaanlage einzuschalten und sie beim Zurückkehren wieder auszuschalten oder auf eine nicht weiter störende kleine Stufe umzustellen. Solltest du dein Abendessen in einem entfernteren Restaurant einnehmen, wäre das dann nochmals eine letzte gute Möglichkeit dafür.

Es stellt sich aber auch noch ein weiterer guter Nebeneffekt ein. Durch das tagsüber doch gut vernehmbare Betriebsgeräusch ist gewährleistet, dass Unregelmäßigkeiten deinen Nachbarn sofort auffallen werden. So können dich deine Campingnachbarn jederzeit darüber informieren, wenn etwas mit deiner Klimaanlage nicht stimmt. Störungen werden dir so also immer zeitnah gemeldet. Ein durchaus positiver Effekt für deine Nachbarn ergibt sich dadurch, dass sich bei einem störungsfrei funktionierendem Gerät das monotone Betriebsgeräusch beruhigend auf ihre Psyche auswirken kann. So kannst du mit dafür sorgen, dass sich der Erholungseffekt deiner Mitcamper in der Umgebung noch mehr steigert, als es beruhigende Naturgeräusche vermögen könnten.

Verlange keinen Dank dafür. Wie sehr du ihnen aber nicht zuletzt durch den Betrieb deiner Klimaanlage ans Herz gewachsen bist, wirst du später bei deiner Abreise feststellen. Oftmals wirst du im Rückspiegel sehen können, wie sie dir für deine Weiterfahrt alles gute Wünsche und dich in ihre Gebete mit einschließen. Du erkennst es daran, wie sie sich hinter dir bekreuzigen.

Teuflischer Ratschlag

21

Einfaches Leben

Es ist doch so schön, allen Ballast bei einer Campingtour hinter sich zu lassen und sich des einfachen Lebens zu erfreuen. Beim Campen kannst du die Erfahrung machen, mit wie wenig der Mensch eigentlich auskommt und sich trotzdem, oder vielleicht auch gerade deswegen, eine wohltuende Zufriedenheit einstellt. Wie befreit kannst du dich dadurch fühlen! Der mögliche Verzicht auf überflüssige Dinge fängt dabei schon in der Küche an.

Na gut, einige kleinere Dinge können dir auch unterwegs eine Reise mit deiner mobilen Unterkunft erleichtern. Das sind aber letztlich doch nur einige wenige, im Alltag wirklich unverzichtbare Dinge. In der Küche deines Reisewagens sind es beispielsweise auch nur einige wenige Geräte, die schnell aufgezählt sind und die auch letztlich eine notwendige Selbstverständlichkeit sind.

Zum Beispiel der Kaffeevollautomat mit Milchaufschaumdüse, der ja auch für Cappuccino und Espresso zu gebrauchen ist. Eine Induktionskochplatte ist ja auch längst kein Luxus mehr, genau sowenig wie eine Mikrowelle. Die Heißluftfritteuse will man ja auch bei einem einfachen Leben nicht zu Hause lassen, zumal du durch den heute möglichen Einbau einer Dunstabzugshaube ja auch keine Geruchsbelästigung mehr hast. Wer will auch auf einen Hamburger-Maker verzichten? Schnell einige Hamburger zuzubereiten wird hiermit zum Kinderspiel.
Je schneller dir das mit solchen Hilfsmitteln gelingt, umso schneller kannst du wieder deine Unabhängigkeit von allem Komfort genießen. Auch ein zusätzlicher Backofen zur Pizzazubereitung darf nicht fehlen, denn eine Pizza ist ja durchaus als Grundnahrungsmittel anzusehen.

Wenn du wirklich erleben willst, mit wie wenig der Mensch doch bei einer Reise auskommen kann, dann möchtest du vielleicht auch die Besuche bei einem Supermarkt auf ein Minimum reduzieren. Denn hier wird dir ja in drastischer Weise der unwahrscheinliche Überfluss vor Augen geführt. Das kann bei einem einfachen Leben schnell deprimierend sein. Du kannst aber die Besuche in solchen großen Märkten alleine schon dadurch reduzieren, indem du eine möglichst große Kühlbox mit Tiefge-frierraum besitzt. Damit ausgestattet machst du dich leicht über größere Zeiträume hinweg unabhängig. Schaue lieber kopfschüttelnd zu, wie deine Mitcamper sich täglich mit vollen Einkaufstüten abquälen und es offensichtlich einfach nicht schaffen, ihren täglichen Bedarf zu reduzieren.

Selbstverständlich willst du auch bei deinem einfachen Leben im Campingfahrzeug den Umweltaspekt nicht aus den Augen verlieren. Du wirst dich dahingehend erkundigen können, wie viel Wasser beim Spülen in der Küche verbraucht wird, wenn du das Geschirr, die Pfannen und Töpfe mit der Hand reinigst. Bedenke, dass ja auch die Küchentücher anschließend mit viel erforderlicher Energie und schädlichen Tensiden gewaschen werden müssen. Darum rate ich dir dazu, dir einen Geschirrtrockner in deine mobilen Reiseunterkunft einzubauen. Es gibt Geräte, die mit einem tollen Sparprogramm ausgerüstet sind. Du hast quasi ein grünes Umweltsiegel immer mit dabei.

Was wirklich nicht bei deiner Reise dabei sein muss, könnte eine Eieruhr sein. Die nimmt nun wirklich unnötigen Platz ein. Du kannst dir damit helfen, die Zeit des Eierkochens auf deinem Laptop oder deinem Smartphone einzustellen.

Du wirst erleben, wie viel Spaß das Improvisieren beim Camping machen kann. Einfaches Leben fängt wirklich schon in der Küche an.

Teuflischer Ratschlag

22

Reisen mit Kind

Kinder können eine Menge ab. Bei der Routenplanung für eine Tour mit einem Reisegefährt brauchst du dir also im Prinzip keine besonderen zusätzlichen Gedanken machen, nur weil ein Kind mit dabei ist.

Bei einer langen Fahrt wird ein Kind auch irgendwann vor Erschöpfung einschlafen und es steht einem weiteren ruhigen Reiseverlauf nichts im Wege. Auf einem Campingplatz schließlich angekommen, wird es der weiteren Entwicklung eines Kindes gut tun, nicht durch besondere Spielangebote für Kinder auf ein niedriges Niveau heruntergezogen zu werden. Nimm stattdessen lieber eine gute Sprachsoftware für deinen Laptop mit, mit dessen Hilfe eine Sprache wie Mandarin oder Isländisch gelernt werden kann. Ein Kind wird dir später dankbar dafür sein, eine Freizeit nicht mit dummen Kinderspielen verbracht zu haben, sondern etwas zusätzlich gelernt zu haben.

Es kann natürlich auch etwas anderes mitgenommen werden, wenn es doch mit mehr Spaß für ein Kind verbunden sein soll. Zu denken wäre dabei beispielhaft an einen Schachcomputer. Gerade wenn es für ein Kind unzumutbar wäre, draußen den doch recht gefährlichen Sonnenstrahlen ausgesetzt zu sein, kann so ein Schachcomputer die Rettung sein. Bei aller Spieleuphorie wird wohl darauf geachtet werden müssen, dass tagsüber die festgelegten Schlafenszeiten eingehalten werden. Ein dafür festgelegter Zeitraum sollte auch für Kinder bis zum Abituralter eine Selbstverständlichkeit sein.

Sollte ein Kind aber betont sportlich veranlagt sein, dann achte auch während einer Campingtour darauf, dass hier eine Spezialisierung in einer Sportart weiter gewährleistet ist. Darum ist eine Sportart zu bevorzugen, die von einem Kind auch unterwegs alleine ausgeführt werden kann. Es bringt ja nun wirklich nichts, wenn sich ein Kind sportlich mit anderen Kindern umgibt, die nicht seinem Leistungsniveau entsprechen.

Was sich also anbieten würde, wäre ein Kraftsport wie Gewichtheben. Damit kann nicht früh genug angefangen werden. Besitzer eines Wohnwagens würden dieses Sportart auch begrüßen, weil durch die Platzierung der mitgenommen Hanteln sehr schön die Stützlast der Zugdeichsel angepasst werden kann.

Ohnehin wird es sich nicht vermeiden lassen, dass ein Kind auf einem Campingplatz doch auch andere Kinder kennen lernt. Der Spieltrieb der Kinder kann aber auch für einen selbst nützlich sein. So finden Kinder auf einem Campingplatz oft spielerisch Wege zwischen den benachbarten Campingfahrzeugen, die oftmals deutlich kürzer sind als die fest angelegten Wege. Das kann einem auch selbst so manchen Umweg zu den Sanitärgebäuden sparen. Man muss nur für sich abwägen, ob eine Mehrbelastung durch das Übersteigen kleiner Umzäunungen nicht mehr ausmacht als einen kleinen Umweg zu laufen. Kinder tun sich da doch oftmals leichter.

Wird alles richtig gemacht, dann wird eine Eltern-Kind-Beziehung entstehen, wie sie sich Außenstehende kaum vorstellen können. Camping kann wirklich eine Bereicherung für ein Kind sein. Du wirst das beim Befolgen der Tipps schnell merken. Darum sollte diese Zeit auch bis zum letzten Moment ausgenutzt werden. Die Rückreise kann also durchaus so gewählt werden, dass die Ankunft zu Hause in der Nacht erfolgt, bevor morgens wieder der Kindergarten oder die Schule beginnt. So wird

der Erholungswert einer Campingtour voll ausge-
schöpft.

Dein Kind wird sich bestimmt schnell wieder auf
die nächste Tour freuen.

Teuflischer Ratschlag

23

Campingplatz - Bewertung im Internet

Vorbei sind die Zeiten, wo man sich unter Campingfreunden hinter vorgehaltener Hand wertvolle Hinweise auf gute Campingplätze gab. So wurde ein gut gemeinter Hinweis vielleicht an eine weitere Person weitergegeben, aber eine große Verbreitung fand nicht statt. Diese Zeiten sind endgültig vorbei. Es gibt das Internet, es gibt Bewertungsportale.

Angenommen, du hattest einen traumhaften Campingplatz entdeckt. Dieser Platz war für dich so schön, dass du sogar deinen Aufenthalt dort verlängern wolltest. Was hattest du denn da so Besonderes vorgefunden?

Zum einen vielleicht eine traumhafte Lage. Du hattest von deinem Campingfahrzeug aus einen Ausblick, der dein Herz geöffnet hatte. Dann war der Campingplatz vielleicht auch ein idealer Ausgangspunkt für die tollsten Aktivitäten. Alles, was dir sonst noch Spaß macht, sei es Wandern, Radfahren, Schwimmen, Bergtouren, war direkt vom Campingplatz aus möglich.

Dann war es eventuell die himmlische Ruhe auf dem Platz, die dir außerordentlich gut gefallen hat. Du warst begeistert von der Erholung, die den ganzen Tag über möglich war. Der große Kinder- und Abenteuerspielplatz mit angeschlossener Kinderanimation war so weit von deinem Stellplatz entfernt, dass du davon überhaupt nichts mitbekommen hast. Dir gegenüber erwähnten wohl Eltern ganz begeistert, dass sie auf Wunsch ihren Stellplatz direkt da in der Nähe bekommen hatten.

Wiederum von deinem Stellplatz aus außer Hörweite, aber fußläufig bestens erreichbar, befanden sich ein großes Restaurant, eine separate Kantine für kleinere Snacks, ein Supermarkt und für das Abendprogramm eine attraktive Veranstaltungshalle. Ein gepflegter Saunabereich mit einem zusätzlich großen Wellnessangebot war ebenso vorhanden wie ein Solarium, welches kostenlos bei schlechter Wetterlage benutzt werden konnte. Ein Fitnesstrainer konnte bei Bedarf reserviert werden, aber wiederum auch genauso ein Yogalehrer. Es wurden Kurse in Töpfern und für Tanz angeboten und es fanden Fahrten zu Sehenswürdigkeiten in der Umgebung statt. Selbstredend gab es für die verschiedensten Leiden auch ein Angebot, diese unter fachlicher Betreuung auszukurieren. Die Campingplatzverwaltung kümmerte sich dabei um die Abrechnung mit der jeweiligen Krankenkasse.

Die Rezeption war 24 Stunden besetzt, ein Arzt und ein Zahnarzt hatten jeweils ihre Praxisräume auf dem Gelände und die abends zuvor bestellten Brötchen wurden dir morgens zum Fahrzeug gebracht. Selbstverständlich gab es ein beheiztes Hallenbad mit Wellenanlage ebenso wie ein großes Freibad mit abgetrenntem Spaßbereich. Direkt daran anschließend war ein großes Golfgelände angelegt. Alle Einrichtungen waren natürlich behindertengerecht angelegt. Klar, dass jeder Stellplatz seinen eigenen Wasser- und Stromanschluss hat, genauso wie die Möglichkeit, den Ablauf für Schmutzwasser direkt in den Kanal zu leiten. Auf deinen Wunsch hin bekamst du darüber hinaus einen separierten Sanitärbereich. Du hattest demnach einen eigenen Toiletten- und Duschraum, für den nur du einen Schlüssel besaßt.

Das Besondere bei alledem war aber der überragend günstige Übernachtungspreis. Du hattest eine Pauschale angeboten bekommen, der höchstens durch einen Stellplatz auf einem öffentlichen Gelände außerhalb einer Stadt unterboten werden konnte. So weit, so gut. Aber du bist ja schließlich nicht irgend ein Jedermann. Angenommen, du hattest darum noch zusätzlich versucht, den Übernachtungspreis weiter zu drücken. Du hattest dafür schon länger überlegt, welchen Mangel man dafür aufführen konnte. Angenommen, dass es tatsächlich etwas gab, das deiner Meinung nach nicht hätte sein dürfen. Angenommen, es war dir bereits nach wenigen Tagen Aufenthalt aufgefallen, dass du unter der Dusche keinen WLAN-Empfang hattest, wenn du in die Hocke gingst!

Du hattest diese Situation der Campingplatzverwaltung dramatisch dargelegt, aber man hatte dich freundlich mit der Bemerkung abgespeist, dass es ja nicht so häufig vorkäme, dass einer unter der Dusche sitzend das Internet gebraucht. Es sei bestimmt kein ernsthafter Mangel, wenn im Bodenbereich der Dusche kein WLAN zur Verfügung stünde.

Auf deinen Hinweis hin, dass es sich bei deinem Smartphone aber nun mal eben um eine wasserdichte Ausführung handelt und dass du beim Surfen im Internet eben gerne in der Hocke bist, damit dein Smartphone nicht aus Versehen so tief auf den Boden fällt, war erst gar nicht nicht ernsthaft eingegangen worden. Da hatte dir auch der Hinweis nicht weiter geholfen, dass es ja wohl unzumutbar sei, auf eine neue Chatnachricht nicht sofort reagieren zu können. Zu guter Letzt hatte sich die Verwaltung noch den Hinweis erdreistet, dass man bei dir ja schon auf die sonst fällige Anzahlung für den Aufenthalt verzichtet habe. Das sei ja schon genug Entgegenkommen gewesen.

Dich so abzuwimmeln wäre ja wirklich ungeheuerlich.

In so einem Fall musst du unbedingt eine Bewertung des Campingplatzes online stellen. So etwas kannst und darfst du nicht für dich behalten. Beginne mit einer ausdrucksstarken Überschrift. Damit deine Bewertung wahrgenommen wird, ist kein Ausdruck zu mies, als dass er nicht gebraucht werden könnte. Halte dich auch nicht mit Details auf. Eine Schilderung der Gesamtsituation wird viel zu lang. Betone lieber, wie du wie Luft behandelt wurdest. Schildere, dass dir so etwas in deinem ganzen Camperleben noch nicht untergekommen sei. Warne eindrücklich davor, diesen Platz zu buchen. Ein Stern wäre noch zu viel für so einen miesen Schrottplatz, deren Technik wohl noch aus der Frühzeit der Campingplatzausstattung stammt und deren Verständnis von Kundenfreundlichkeit unter aller Bewertungsmöglichkeit sei.

Du wirst sehen, dass sich viele andere Camper deiner Bewertung anschließen werden. Sie werden vielleicht schreiben, dass sie selbst noch nicht auf dem

Platz gewesen seien, aber von solchen oder anderen Missständen dort schon gehört hätten.

Damit du nicht unnötig durch Rückfragen belästigt wirst, schreibe deine Bewertung aber unbedingt anonym. Es ist von dir ja schon nett genug, eine Bewertung abzugeben, auf die sich Freunde des Campingurlaubs verlassen können.

Teuflischer Ratschlag

24

Chemietoilette

Das Entleeren einer Chemietoilette muss nicht langweilig sein. Es ist nur eine Frage des richtigen Zeit-
punktes.

Die Kassette deiner Chemietoilette ist mal wieder
voll. Der Gang zur Entsorgungsstation muss aber
nicht langweilig sein. Wenn du den richtigen Zeitpunkt dafür wählst, kannst du sogar richtig nette
Gespräche führen und so manche Erfahrung austauschen. Der Weg zu einer Entsorgungsstation auf einem Campingplatz führt dich doch meist an vielen
anderen Campingfahrzeugen vorbei. Wenn du jetzt
zum Beispiel am Vormittag oder auch im Laufe des
Nachmittags losgehst, dann ist natürlich keiner der
Besitzer anzutreffen. Entweder sind sie unterwegs
zum Einkaufen oder sie erkunden die Umgebung,

sind im Freibad oder machen einen Stadtbummel. So läufst du natürlich einsam mit deiner vollen Toiletten-Kassette über den Platz und empfindest das alles lediglich als eine lästige Pflichtübung.

Ganz anders sieht es aber aus, wenn du bei schönem Wetter zu den Essenszeiten losgehst. Das kann zur Frühstückszeit genauso wie auch zur Zeit des Mittag- oder Abendessens sein. Dann sitzen sie alle vor ihren Campingfahrzeugen am Essenstisch. Wenn du jetzt mit deinem vollen Chemieklo angerollt kommst, ist das oft schon von weitem hörbar. Für den Fall, dass du deine Kassette immer trägst, wird anstelle der Rollgeräusche deiner Chemietoilette vielleicht auch schon dein Stöhnen gehört. Auch hier ist dir schon die Aufmerksamkeit gewiss. Es bietet sich jedenfalls so oder so an, einen Stopp einzulegen und die gewonnene Aufmerksamkeit dafür zu nutzen, ein Gespräch zu beginnen. Bezogen auf die Essenszeit und auf das Essen, dass du aufgetischt siehst, ist es ja immer ein leichter Einstieg.

Wenn das Thema Essen dann nicht mehr viel hergibt, schwenke dann um und schildere doch immer mal, welche Erfahrungen du so mit deiner Chemie-Toilette gemacht hast. Meist bietet sich als dankbares Thema ja die verschiedenen Sanitärzusätze für die Toiletten-Kassette an. Du kannst dann ja erläutern, wie unterschiedlich bei dir diese Zusätze oftmals in ihrer Wirkung sind. Oft wird der Inhalt überhaupt nicht zersetzt, so dass es zu Klumpenbildungen kommt und das Ausgießen der Kassette erschwert.

Schildere doch auch die unterschiedlichen Farben der Fäkalienbrühe. Je nachdem, wie das Produkt ausgelegt ist, ergeben sich auch hier erstaunliche Unterschiede. Leider ist die jeweils verschiedene Geruchsbildung der Produkte immer schwer zu beschreiben. Wenn du aber mit dem Zusatz zufrieden bist, welchen du jetzt aktuell verwendest, könntest du anbieten, sich einen eigenen Eindruck zu verschaffen. Besser kann doch keiner einen eigenen Eindruck von einem guten Sanitärzusatz bekommen.

Jedenfalls ist ein Erfahrungsaustausch unter Campingfreunden ja eine tolle Sache. Sei aber nicht enttäuscht, wenn der geführte Dialog oft eher eingleisig verläuft. Vielleicht sind deine Gesprächspartner ja schüchterne Menschen oder sie brauchen Zeit, über deine Ausführungen nachzudenken und sie zu verarbeiten. Lasse ihnen ruhig die dazu erforderliche Zeit. Du bist ja nicht auf die gleichen Personen angewiesen. Wenn du nur schon leicht den Weg änderst, kommst du wieder mit ganz anderen Campingfreunden zusammen. So gestaltet sich der Gang zur Entsorgungsstation doch immer wieder abwechslungsreich. Du siehst bei der Gelegenheit auch, was doch so unterschiedlich alles gegessen wird und kannst dir dadurch Inspirationen für deine eigene Küche holen.

Essen und Fäkalien. Letztlich gehört ja doch auch alles zusammen. Diesen Kreislauf kannst du ja auch noch mal extra im Gespräch herausstellen. Ein wenig philosophieren hebt doch das Gesprächsniveau. Im Laufe des Aufenthaltes auf dem Campingplatz kommt aber auch der Punkt, an dem alles über Sanitärzusätze für die Chemie-Toilette gesagt wurde.
Dann besteht aber immer noch die Möglichkeit, sich über das Thema der Reiniger für den Fäkalientank, für den Spülwassertank und für die Toilettenschüssel zu unterhalten. Auch die verschiedenen Pflegemittel für die Schieberdichtung der Toilette bieten sich noch als Thema an.

Schade nur, dass so manche der anwesenden Mitcamper im Laufe ihres Aufenthaltes ihre Essenszeiten ändern.

Teuflischer Ratschlag

25

Reparaturen

Wie bei jedem anderen Fahrzeug auch, kann auch bei deiner mobilen Reiseunterkunft eine Reparatur erforderlich werden. Unglücklicherweise kommt dabei schnell eine hohe Reparaturrechnung zusammen. Oftmals ist es noch nicht einmal der Preis eines Ersatzteiles selbst, sondern der Monteur-Stundenlohn, der den Gesamtbetrag der Reparatur so hoch werden lässt. Was kannst du vorsorglich tun, um solche Kosten zu schmälern?

Genau genommen handelt es sich bei deinem Reisegefährt ja weitestgehend um normale Fahrzeugtechnik. Bei einem Caravan entfallen die möglichen Motor- und Getriebeschäden sowie Schäden am Antriebsstrang. Das sieht bei einem Reisemobil schon wieder anders aus. Hier ist ein Vergleich mit normaler Fahrzeugtechnik wie bei einem Auto noch zutreffender. Aber egal, um welchen Austausch eines defekten Teiles es sich handelt, kannst du die Kosten der erforderlichen Reparatur senken. Voraussetzung ist aber, dass du mit deinem Fahrzeug noch eine kurze Zeit fahren kannst.

Am einfachsten ist es, wenn du dir für die anstehende Reparatur einen kostenlosen Kostenvoranschlag eines Meisterbetriebes geben lässt. Achte darauf, dass auf dem Kostenvoranschlag genau die Teilenummer von dem festgestellten defekten Bauteil aufgeführt ist. Dieses Ersatzteil besorgst du dir dann günstig im Internet. Es muss ja nicht direkt das Originalteil sein. Ein kostengünstiger Nachbau wird es wohl auch tun. Bei Reisebeginn packst du es dann mit ein. Je nach Schwere des Fahrzeugmangels ist es dann ratsam, einen nicht zu sehr entfernten Campingplatz aufzusuchen. Du willst ja schließlich nicht auf halber Strecke irgendwo hängen bleiben.

Auf dem neuen Platz angekommen, solltest du dich dann an einem Wochenende, wenn alle Werkstätten zu haben, hilfesuchend an den Campingplatzbetreiber wenden. Schildere ihm deine bedauerliche Situation. Du kannst deine Ausführungen noch dadurch dramatisch verstärken, indem du sie noch etwas ausschmückst.

Du könntest zum Beispiel sagen, auf dem Weg zu einer Beerdigung zu sein. Die sei schon am Montag und darum könntest du nicht bis zum Wochenbeginn warten. Wenn dir das nicht zusagt, dann sage doch zumindest, dass du für ganz früh am kommenden Montagmorgen eine Fähre fest gebucht hast und du jetzt ganz verzweifelt bist, weil eine Erstattung der Buchungskosten nicht möglich sei. Lege dar, dass du nie und nimmer damit gerechnet hättest, dass ausgerechnet jetzt dieses betreffende Bauteil kaputt ginge. Weil du aber gewusst hättest, dass es sich bei dem defekten Teil um ein typisches Verschleißprodukt handelt und du so verantwortungsbewusst bist, hättest du dir das betreffende Bauteil schon vorsorglich gekauft und du hättest es jetzt auch bei. Leider wärst du selber aber nicht so handwerklich geschickt, das jetzt selber zu reparieren.

Mit etwas Glück, ist der Campingplatzbetreiber oftmals schon selber in der Lage, dir zu helfen. Vielfach kennt er auch seine Campinggäste schon länger und kennt darum jemanden, der dazu in der Lage wäre. Ansonsten hast du immer noch die Möglichkeit, dein Anliegen bei deinen Mitcampern auf dem Platz vorzutragen. Es sollte eigentlich immer der Fall sein, dass sich einer erbarmt und dir hilft.

Selbstverständlich bietest du demjenigen an, ihm bei der Reparatur deines Fahrzeuges zur Hand zu gehen. Bedauerlich ist es für dich dabei natürlich schon, dass da so viele Stunden an einem schönen

Tag verloren gehen. Nutze also immer wieder die Momente zum Sonnen aus, bei denen du nicht gebraucht wirst. Achte bereits früh darauf, eine genügend gute Beleuchtung dabei zu haben, falls sich die Reparatur bis in die Nachtstunden hineinzieht.

Nach erfolgreicher Reparatur sollte es dann für dich eine Selbstverständlichkeit sein, dich überschwänglich bei deinem Helfer zu bedanken. Erzähle ihm begeistert, wie sehr er deiner Vorstellung von einem stets hilfsbereiten Mitcamper entspricht. Er sei einer, der den Zusammenhalt unter Campern noch tatkräftig lebt.

Nach der herzhaften Umarmung kannst du ihm dann noch sagen, dass du später noch einmal bei ihm vorbei kommen würdest mit einem zusätzlichen Dankeschön. Wenn du dann mit einer Weinflasche zu ihm gehst und sie ihm überreichst, wirst du in seinen Augen viele menschliche Regungen ablesen können. Die muss man nur entsprechend zu interpretieren wissen. Vielleicht sagst du ihm noch, dass du diese Weinflasche immer für besondere Momente aufbewahrt hättest und selber gar nicht wüsstest, wie der Inhalt schmeckt. Vielleicht versteht er ja trotz der momentanen Rührung den Wink und du bekommst selber noch ein Glas davon ab.

Aber auch wenn es nicht so kommt, soll es dir doch egal sein. Günstiger, als mit einer Flasche Wein bezahlt, bekommst du so eine Reparatur nie.

Teuflischer Ratschlag

26

Fahrräder

Es ist ohne Zweifel eine schöne Sache, wenn du ein Fahrrad bei deiner Campingtour mit dabei hast. Dir erschließen sich damit wunderbare Möglichkeiten, die Umgebung zu erkunden. Dein Aktionsradius mit dem Rad gegenüber einer Erkundung zu Fuß ist doch viel größer. Aber auch, um eine kleine Besorgung zu machen, ist ein Rad ideal. So sind auf dem Campingplatz auch mal eben schnell morgens die Brötchen geholt. Aber zuerst stellt sich die Frage, welche Fahrradbauart für dich in Frage kommt.

Du wirst schnell feststellen, dass alleine die Grundunterschiede bei den verschiedenen Fahrradtypen gewaltig sind. Sich überhaupt mit den neuen Begriffen vertraut zu machen, ist schon eine Herausforderung. Wer kann sich denn schon als Neueinsteiger in diese Materie etwas unter einem Fatbike, Cyclocross, Urban Bike, Hardtaile oder Full Suspension Bike vorstellen? E-Bike als Begriff für ein Fahrrad mit einem elektrischen Hilfsmotor hat sich zumindest in Deutschland durchgesetzt und ist unter diesem Namen bekannt. Aber selbst innerhalb dieser Gattung gibt es schon beachtliche und für die Teilnahme am öffentlichen Straßenverkehr wichtige Unterschiede. Wir brauchen aber gar nicht so tief in die Materie einzusteigen. Es stellt sich doch die Frage, was für dich bei einem Fahrrad eigentlich noch wichtig ist, außer von A nach B zu kommen.

Da spielt der Lifestyle natürlich eine besondere Rolle. Du wirst doch auch mit dem Fahrrad deinen Lebensstil dokumentieren wollen. Da spielt die richtige Auswahl eines Artikels, den es in zigtausendfacher Ausführung gibt, eine wesentliche Rolle. Sonst würde dir ja gegebenenfalls ein älteres kleines Klapprad ausreichen, wenn es sich lediglich darum dreht, morgens auf dem Campingplatz oder in dessen Nähe Brötchen zu besorgen. Für normale Radtouren in die Umgebung wäre vielleicht auch schon ein klassisches Tourenrad ausreichend. Aber welchen Eindruck macht das denn? Da brauchst du doch wohl unbedingt ein Fahrrad, das gleichzeitig ein Statement darstellt.

Wie bei jedem anderen Gegenstand auch gibt es nur eine Handvoll Fahrräder, die in der Wahrnehmung ein absolutes Lifestyle-Produkt darstellen. Oftmals ist hier ein schnelles Handeln gefragt, denn Trends ändern sich schnell. Da wirst du also häufiger dein Fahrrad wechseln müssen, um stets ein herausragendes Lifestyle-Produkt zu haben. Nur so kannst du deinen Lebensstatus adäquat darstellen.

Manchmal wirst du dadurch wohl einige Unbequemlichkeiten in in Kauf nehmen müssen. Sollte zum Beispiel ein Fahrrad gerade absolut als Lifestyle-Kultobjekt im Gespräch sein, weil es auch noch die letzten Hundert Gramm an Gewicht einspart, dann wirst du vielleicht an einer mehreren Kilogramm schweren Edelstahlkette zu tragen haben, die als Diebstahlschutz notwendig ist.

Jetzt macht es natürlich wenig Sinn, so ein Fahrrad zu haben und dann auf dem Platz gar nicht präsent zu sein. Solltest du dich also für eine sportliche Ausgabe eines Fahrrades entschieden haben, dann kann der Campingplatz selbst schon ein ideales Trainingsgelände sein. Die Wege auf dem Platz bieten sich doch geradezu perfekt dafür an, möglichst schnelle Rundenzeiten zu fahren. Bei einem Fahrrad, das auch für das Fahren im Gelände ausgelegt ist, können auch verzwickte Wege zwischen den Campingfahrzeugen erschlossen werden. Jeder wird dir da bewundernd hinterher sehen.

Willst du aber auch zusätzlich die weitere Umgebung erkunden, dann achte auf eine gute zusätzliche Unterstützung durch einen elektrischen Motorantrieb. Es gibt auch solche Ausführungen, die den Look eines Rennrades haben. Bei einem E-Bike gilt es aber, die Akkus nicht zu vernachlässigen. Die sollten immer in der Lage sein, ihre volle Leistung abzugeben. Leider wird durch das Laden der Akkus viel teurer Strom verbraucht. Prüfe da stets, ob das Ladegerät nicht an einer Steckdose im Sanitärgebäude angeschlossen werden kann. Das Ladegerät mit den angeschlossenen Akkus müsste dann wohl ebenfalls gut gegen Diebstahl gesichert werden. Vielleicht bekommst du ja beim Kauf von zwei schweren Edelstahlketten mit den dazu passenden Schlössern einen Preisnachlass.

Solltest du nicht Fahrradfahren können, dann kannst du das immer noch durch das Tragen einer stylischen Rennradbekleidung wettmachen. Achte dann aber auf die richtige Auswahl vermeintlicher Sponsoren-Aufkleber. Hier bieten sich imagemäßig viele Möglichkeiten. Je nach Körperumfang steht dafür ja auch genügend Fläche zur Verfügung.

Teuflischer Ratschlag

27

Sanitäranlagen

Einen Campingplatz mit hervorragenden Sanitäranlagen gefunden zu haben, wird dich immer glücklich machen. Es ist ja auch ansonsten schlimm, wenn die Freude am Camping durch verunreinigte Toiletten und Duschen beeinträchtigt wird. Darum genieße den Aufenthalt in diesem Bereich, wenn er hygienisch einwandfrei ist.

Du brauchst dich nur einmal umzuhören, welche Beanstandung bei der Bewertung eines Campingplatzes stets mit Vorrang erwähnt wird. Es ist immer wieder die Klage über den Zustand der Sanitärräume. Es sind dabei oft die einfachen Dinge, die für Unmut sorgen. Es ist meist schlicht und einfach so, dass die Toiletten oder die Duschen dreckig sind und stinken. Da kann das eigentliche Gebäude noch so schön gestaltet sein – bei diesen Punkten ist mit keinem Camper zu spaßen.

Dabei wäre hier in den meisten Fällen schnell für Abhilfe gesorgt. Die Gründlichkeit und die Häufigkeit der Reinigung sind hier maßgebende Faktoren. Es kann natürlich in seltenen Fällen auch ein Fehler in der Kanalisation vorliegen. Besonders bei einer Geruchsbelästigung in den Räumen kann der Grund dafür hier zu suchen sein. Auch bei verstopften Toiletten muss hier zumindest dann ein Fehler gesucht werden, wenn die Verstopfung nicht durch übermäßigen Gebrauch von Toilettenpapier oder von Dingen, die erst gar nicht in die Toilette gehören, zu erklären ist.

Dann gibt es doch auch noch Klagen über nicht verschließbare Toilettentüren, über verschlissene Vorhänge in der Dusche und über nicht funktionierende Heizungen. Es gibt also eine Fülle von möglichen Missständen in diesem Bereich. Darum wirst du immer höchst erfreut sein, wenn du auf dem Campingplatz einwandfreie Sanitäranlagen vorfindest.

Oftmals hat der Betreiber noch für zusätzliche Mehrwerte gesorgt. Das kann durch die Ausgestaltung der Räume sein oder durch angenehme Hintergrundmusik. Angenehm heißt, dass sie nicht aufdringlich ist und nicht durch störende Werbeeinblendungen unterbrochen wird.

Solltest du also eine solcher Sanitäranlagen vorfinden, dann nutze sie auch aus. Mache es dir dort gemütlich und verbringe viel Zeit darauf. Vielleicht ist das ja auch ein Ort für dich, wo du in Ruhe in einem Buch weiterlesen kannst? Wenn dir ein Buch oder eine Zeitung nicht zusagt, dann wäre vielleicht ein Hörbuch etwas für dich. Egal ob auf dem WC oder unter Dusche, in beiden Fällen kannst du da auch super deine Fußnägel schneiden und feilen oder die durch Schmutz verklebten Rillen deiner Schuhsohlen sauber machen.

Es kann natürlich so sein, dass die Anzahl der WC- und Duschräume für den Campingplatz etwas knapp bemessen ist. Dann ist es schon etwas ärgerlich, wenn andauernd an deine verschlossene Tür geklopft wird und andere Camper dir etwas zurufen. Davon solltest du dich nicht beirren lassen. Wenn du deinen Platz räumst, will ihn doch nur der Nachfolger dauerhaft belegen. Warum wäre er denn sonst wohl da? Also gilt es, sich nicht beirren zu lassen. Meistens wird ja auch schnell für den Störenfried ein anderer Raum frei und du hast wieder deine Ruhe.

Es braucht sich doch bestimmt keiner über dauerbesetzte Toiletten oder Duschen zu beklagen. Eine Campingsaison ist schließlich lang genug. Niemand muss doch ausgerechnet genau dann den Raum benutzen wollen, in dem du dich gerade befindest und den du gerade gebrauchst.

Was sind denn das für Menschen!

Teuflischer Ratschlag

28

Platzordnung

Ein Campingplatz ist ja ein kleiner sozialer Mikrokosmos. Damit er funktioniert, wird von den dort anwesenden Campinggästen eine stillschweigende Festlegung auf gemeinsame Normen und Werte als selbstverständlich vorausgesetzt. Rücksichtnahme, Respekt und gegebenenfalls auch das Zurückstecken zum Wohle der Gemeinschaft sind dabei wichtige Eckpfeiler.

Zum Wohl aller Camper werden auf einem Campingplatz dazu noch oft ergänzende, schriftlich festgelegte Regeln und Ordnungshinweise ausgehangen. Diese können je nach Erfordernis von Platz zu Platz unterschiedlich sein. Sie sollen aber immer dazu dienen, allen anwesenden Campinggästen einen erholsamen und friedlichen Aufenthalt zu gewährleisten.

Doch wie überall im Leben gibt es auch hier Menschen, die sich außerhalb der auf dem Platz erwünschten Verhaltensregeln bewegen. Der fest angestellte Platzwart ist da oft überfordert. Es fallen für ihn auf einem Campingplatz so viele Aufgaben an, dass er mit seinen Augen und Ohren nicht überall gleichzeitig sein kann. Da sollte es für dich während deines Aufenthaltes auf einem Platz eine Verpflichtung sein, ihm dabei zur Hilfe zu gehen.

Vom ersten Tag an, an dem du auf deiner Campingtour auf einem neuen Platz bist, kannst du dich selbst um verschiedene Dinge kümmern. Wenn du feststellst, dass von Mitcampern die Ruhezeiten nicht eingehalten werden, solltest du sie in bestimmender Form ansprechen. Da brauchst du dich auch erst gar nicht auf eine Diskussion einzulassen. Hier gilt es, direkt klare Kante zu zeigen. Auch wenn Eltern es nicht für nötig halten, ihren Kindern Grenzen aufzuzeigen, dann musst du eben diese Rolle übernehmen. Du glaubst ja nicht, wie wichtig das auch für die weitere Entwicklung eines Kindes ist. Den Eltern zeigst du somit auch anschaulich, wie es geht.

Leider sind sie noch nicht einmal in der Lage, sich entsprechend bei dir zu bedanken. Das sollte dich aber nicht weiter davon abhalten, für Ordnung auf dem Platz zu sorgen. Es ist schließlich deine wertvolle Erholung, die ansonsten in Gefahr gerät.

Zur Wahrung eines konfliktfreien Zusammenlebens auf dem Platz, kontrolliere doch auch in der Nacht, wer sich in den benachbarten Reisefahrzeugen aufhält. Sind es wirklich nur die Personen, bei denen du das Gefühl hast, dass sie ordnungsgemäß gemeldet sind? Gehen in anderen Fahrzeugen Personen ein und aus die dir suspekt sind? Da kannst und musst du natürlich am Folgetag der Campingplatzverwaltung einen Bericht darüber abgeben. Es kann ja nicht sein, dass sich in deiner Umgebung Verhältnisse wie in einem Tollhaus einschleichen.

Die Sauberkeit der Mitcamper ist ein weiteres wichtiges Thema. Bei jedem Spaziergang über den Platz kannst du deinen Mitcampern da bestimmt einige Hinweise zu geben. Es ist eben noch kein Meister vom Himmel gefallen. Da werden Hinweise von dir, wie man es richtig macht, bestimmt dankbar aufgenommen.

Stelle dich also dieser selbst auferlegten Aufgabe und dir wird jeder Aufenthalt als eine Bereicherung vorkommen. Alleine schon die vielen persönlichen Kontakte, die sich einstellen werden, sind ein Gewinn.

Um allen Beteiligten ein stetiges Bedanken zu ersparen, kannst du dich ruhig etwas unwirsch geben
und dich ruhig rechtzeitig abwenden. Einen Dienst
an der Gemeinschaft willst du ja nicht mit einem
ständigen Lob verbunden wissen.

Dieser Dienst ist doch wohl eine Selbstverständlichkeit.

Zur Freude aller.

Joachim Kuhn

Erst Segler, jetzt Camper mit einem kleinen, älteren Wohn-wagen-Klassiker. Gemeinsam mit Ehefrau Evelyn werden mit viel Vergnügen Deutschland und angrenzende Länder bereist. Meist monatelang auf Tour, ist es dabei eine beson-dere Freude, interessanten und herzhaften Menschen zu begegnen.

Bisher erschienen:
„Leinen los!?" Humorvolle Geschichten über charakter-volle Hobbysegler. ISBN: 9788-3-86675-181-1
Mohland Verlag D. Peters Nachf., Goldebek